Apokalypse im Paradies

Apokalypse im Paradies

Ein Abenteuer wird zur tödlichen Falle

Bibliografische Information der Deutschen Nationalbibliothek: Die
Deutsche Nationalbibliothek verzeichnet diese Publikation in der
Deutschen Nationalbibliografie; detaillierte bibliografische Daten sind
im Internet über http://dnb.dnb.de abrufbar.

Illustration: Hans Naumann

Herstellung und Verlag: BoD–Books on Demand, Norderstedt

ISBN 9-783755799986

.

Inhalt

Vorwort

Professor Paul Slitear von der Hamburger Universität, ein 48 jähriger Brite, hat genug vom trockenen Vorlesungsbetrieb. Er möchte in der zweiten Hälfte seines Lebens die erträumten Abenteuer seiner Kindheit erleben, etwas entdecken, am liebsten eine völlig unbekannte Insel, aufregende Abenteuer erleben und dabei etwas vom Rest der Welt kennenlernen. Als Philosoph zitiert er Alexander von Humboldt: „Die gefährlichste Weltanschauung ist die Weltanschauung derjenigen, die die Welt nicht angeschaut haben."

Der Holländer Henk Overbeck fährt als Kapitän mit Leidenschaft große Frachtschiffe über die Meere. Auch er will sich nun endlich mit 52 Jahren einen heißen Wunsch er erfüllen, einmal im Südatlantik segeln. Das ist noch Aayana (Yani), eine sehr gutaussehende Afrikanerin von der Westküste, 32 Jahre alt, arbeitet als Reporterin für die renommierte Zeitschrift „African Journal of Ecology". Selbstbewusst und klug sucht sie sich ihre Themen aus und hat damit Erfolg.

Und dann ist da noch der Arzt Denzel De Vries.

Er möchte einfach raus aus dem Praxisalltag. Vor Jahren besuchte er die Isle of Wight und bestaunte die großen Yachten, das Segeln faszinierte ihn. Nicht geplant stößt dann noch die abenteuerlustige Tilda Palmgren zu der Gruppe.

Die junge Schwedin studiert an der Linné-Universität in Südschweden.

Mit 28 Jahren hat sie schon manche Liaison hinter sich und sucht immer noch ihren Prinz. Das Abenteuer einer Reise mit unbekanntem Ausgang lockt sie. Diese extrem unterschiedliche Gruppe findet sich, um gemeinsam ein Abenteuer mit ungewissem Ausgang zu bestehen. Was sie jedoch erwartet, übersteigt all ihre Vorstellungen.

Paul sucht einen Skipper

Als der Tag beginnt, ist es fast geschafft.
Der Frachter „CONCORDIA" hat gerade Cuxhafen auf dem Weg nach Hamburg passiert. Der Revierlotse ist an Bord gekommen und ich, Henk Overbeck, der Kapitän dieses schönen Schiffes, lehne mich gedanklich zurück. Es werden ruhige Stunden bis zum Festmachen in Hamburg. Die Ladung wird dann gelöscht und es geht wie auch sonst immer in den letzten Jahren mit neuer Ladung zum nächsten Hafen, nichts Aufregendes. Habe immer pünktlich die Fracht gelöscht, in all den Jahren keine Verluste gehabt, bin bei den Reedereien angesehen. Hab mich lange Jahre hinter dem Erfolg versteckt und gehofft, dass das Leben mich nicht findet. Bis jetzt.
Doch dieses Mal gilt das für mich nicht, denn ich werde mein Seefahrtsbuch abgeben und ein anderes Leben suchen.
Etwas neidisch sehe ich den Yachten auf der Elbe hinterher. Segeln, ohne Stress und Zeitdruck, sich einfach vom Wind treiben lassen, das wär´s. Früher, als Kind, war ich auf dem großen Fluss mit meinem Vater im Segelboot unterwegs. Davon träume ich noch heute, denn wer irgendwo ankommen will, muss sich irgendwann auf den Weg machen. Und jetzt ist für mich die Zeit gekommen.

Der Lotse verabschiedet sich mit guten Wünschen, der Hafenlotse übernimmt das Schiff und eine Stunde später sind die Leinen fest.

Jetzt kommt das Schwerste, schwerer als alle Stürme die ich je erlebt habe, die Verabschiedung von der Crew. Ich bin wirklich nicht der Mann für große Zeremonien. Ein paar kurze herzliche Worte, ein Händedruck und dann ist es vorbei, denke ich.

Sicher, ein Schatten der Traurigkeit kriecht dabei über mein Gesicht. Dieser tägliche Kontakt mit meinen Offizieren, der kleinen Besatzung und dem Meer wird mir fehlen. Als ich mich der Gangway nähere, bleibe ich erstaunt sehen. Da steht die ganze Crew, der Steuermann spielt ein Lied auf dem Schifferklavier und der Chief übergibt mir zum Abschied ein von der Crew gestaltetes Erinnerungsbuch.

Ich bin mir sicher, jeder sieht das freudige Lächeln, das über mein Gesicht huscht. Herzlich und dankbar umarme ich jeden der Crew.

Danach gehe ich langsam die alte Gangway hinunter, wie so oft. Und sie wird mich nach Mitternacht erwarten, doch dieses Mal komme ich nicht. Dieser Abend wird mir gehören, es ist mein persönlicher Abschied vom Schiff und diesem wunderbaren Element, dem Meer, das mich so viele Jahre begleitet hat.

Und ich freue mich auf das erste Bier. Bei früheren Aufenthalten in Hamburg habe ich stets einen Abend im „Schellfischposten" in Altona verbracht. Ursula M., die Chefin, erkennt mich sofort. Ehe ich richtig Platz genommen habe, steht schon ein Astra und ein Matjesbrötchen auf dem Tisch. Das hat etwas Heimeliges, hier fühle ich mich wohl. Eine Etage höher geht die Post ab, Sankt Pauli spielt Fußball im TV und nebenan klickern die Spielautomaten.

Es ist die Atmosphäre, die ich zum Entspannen brauche, das Grummeln der Gespräche der Sailors, vorbeitreibende Wortfetzen, ein tiefer Bass und das girrende Lachen der Mädchen.

„Einen Whisky?" fragt Ursula. Ich nicke gedankenverloren, was für ein Tag! Die Jungs vom Nachbartisch, Seeleute aus Litauen, sind promillemäßig schon weiter, sie singen ihre Shantys, es kommt Fahrt in die Bude.

Zwischen meinem Tisch und dem Tresen sehe ich plötzlich zwei tanzende Mädels, beide in schwarzem Leder gekleidet. Es sind die, die laut gelacht haben. Die Dunkelhaarige greift sich einen der Litauer und wirbelt mit ihm übers Parkett.

Die Jüngere kommt auf meinen Knien zu sitzen und spricht mich an. Diese Sprache habe ich noch nie gehört, aber ihre Augen sagen mir, was sie meint. „Sorry, not today", sage ich grinsend. Das versteht sie und geht wieder tanzen. Und Ursula bringt den nächsten Whisky.

Dieser Typ, der gerade den Raum betritt, hat sich bestimmt verlaufen, denke ich. Hier trägt man Jeans und Rolli, keinen Blazer, auch wenn er blau ist.

Ich winke kurz, will dem Typ einen Tipp geben, wo er das findet, was er sucht. Doch der hat schon ein Bier in der Hand und fragt mich, ob er sich an den Tisch setzen darf. Ich nicke nur amüsiert. Doch ehe er sich setzt, stellt er sich vor: „Slitear, Professor der Philosophie". Seltsamer Vogel, denke ich und frage: „Was treibt dich in diese Kneipe?"

„Ich bin Brite, arbeite in Hamburg und das hier ist meine Stammkneipe" sagt der Typ.

Seltsam, denke ich, hab´ ihn noch nie hier gesehen.

Da steuert auch schon Ursula auf uns zu. „Hallo Paul," ruft sie „Was treibt dich mitten in der Woche zu mir?"

Aha, Paul heißt der Typ, denke ich. Der hört ihre Stimme und dreht sich erfreut um.

„Mein Freund, der Durst" antwortet er lachend.

„Du hast mir doch oft erzählt, dass du dir eine Auszeit nehmen willst, um zu segeln. Hier ist die Gelegenheit, Henk ist Kapitän und jetzt ohne Schiff," vermittelt Ursula.

Das würde mir jetzt gerade noch fehlen, mit diesem Typen zu segeln, denke ich. An Bord würde der sicher auch den Blazer und einen Schlips tragen, nein, das geht gar nicht. Unsympathisch, der Kerl.

Da sprudelt es auch schon aus Paul heraus:

„Ich bin ausgetrocknet von diesen Vorlesungen an der Uni, will etwas völlig anderes machen." Er nimmt einen tiefen Zug aus seinem Bierglas. Sieht aus wie ein Seufzer.

„Mein Traum als Kind war immer, etwas zu entdecken, etwas völlig Unbekanntes, am besten eine Schatzinsel. Habe mir eine Yacht gekauft und möchte nun ein anderes Leben kennenlernen. Da ich vom Segeln nicht viel verstehe, suche ich einen Skipper der mich begleitet".

Wie stellt der sich das vor? denke ich belustigt. Kann man Skipper in jedem Laden kaufen? ....begleitet... hat er gesagt? Auf einem Schiff gibt es nur einen Skipper, der was zu sagen hat.

Beim nächsten Whisky fährt mein Blutdruck wieder runter.

Bleib ruhig, Henk, das ist eine unwissende Landratte, sage ich zu mir. Und währenddessen erzählte Paul von seinen Kinderträumen.

Jetzt bin ich verwirrt, etwas entdecken, davon habe ich auch als Kind geträumt. Und der Kerl hat eine Yacht.

Gerade habe ich mein berufliches Engagement beendet, da kommt Jemand, der einen Skipper sucht.

Soll ich mich outen, dass ich die gleichen Träume hatte, oder lieber nicht? Andererseits wäre es als Freizeitskipper auf einer Yacht auch ganz reizvoll, auch wenn der Eigner Paul Slitear heißt. So unsympathisch ist der gar nicht.

Ob der schon eine Crew hat? Also frage ich Paul „Wer segelt denn mit dir?".

„Bin noch allein" sagt Paul, etwas unsicher.

Verblüfft denke ich, das kann nicht wahr sein.

„Auf dem Ozean braucht man mindestens drei bis vier Mitsegler, um in den Nächten Wache zu gehen, wenn der Autopilot steuert und vor allem einen Skipper," erkläre ich Paul.

Nachdenklich lehnt sich Paul zurück und Ursula bringt uns zwei Alster. Wir prosten uns zu, ich finde ihn gar nicht mehr seltsam. Der hat ja Vorstellungen, die sich mit den meinen irgendwo decken. „Einen Skipper hätte ich für dich" sagt ich vorsichtig, vielleicht vom Alkohol geschubst.

„Du?" strahlt Paul.

„Ja, der Skipper sitzt vor dir" sage ich leicht triumphierend und der Whisky klatscht in die Hände. Nun ist Paul sprachlos, ungläubiges Staunen breitet sich auf seinem Gesicht aus. „Du willst wirklich...?" kommt gedehnt aus seinem Mund. Er hat wohl schon nicht mehr daran geglaubt.

Noch lange sitzen wir zusammen und reden über das Projekt, die Erfüllung eines Traumes.

Aayana und Denzel

Die Reporterin Aayana, von ihren Freunden Yani gerufen, ist wiedermal im Auftrag des „African Journal of Ecology" in Benin an der Goldküste Afrikas unterwegs. Als Reporterin hat die intelligente gutaussehende, von ihrem Journal hochgeschätzte Afrikanerin, schon manchen Preis gewonnen. Ihre Arbeit bedeutet ihr alles, sodass sie Annäherungsversuche, die über einen Flirt hinausgehen, stets ignorierte.

Gerade erfuhr sie von einer Tagung der Hilfsorganisation „Ärzte ohne Grenzen". Diese im Dezember 1971 gegründete größte unabhängige private Organisation, leistet medizinische Nothilfe in Krisen- und Kriegsgebieten.

Aayana nahm an der Tagung teil, in der Hoffnung, einige interessante Gesprächspartner zu finden.

Am zweiten Tag wurde sie auf einen gutaussehenden Mann aufmerksam, der einen richtig guten Vortrag hielt. Der 34jährige holländischen Arzt Denzel De Vries leitet im ehemaligen holländischen Kolonialgebiet ein Projekt ärztlicher Hilfe, für ihn eine Art Wiedergutmachung als Nachkomme der Kolonialherren.

Aayana war sofort von ihm begeistert und da sie ihn auch noch sympathisch fand, verbrachten sie in den folgenden Tagen viel Zeit zusammen. Auch private Themen   zwischen der Frau und dem holländischen Arzt füllten manchen Abend. Nach dem Ende ihrer jeweiligen Mission trafen sie sich ab und zu, wenn sich ihre Wege berührten.

Einmal erzählte Denzel bei einem Treffen mit Aayana nebenbei von dem Seemann Henk Overbeck, einem Landsmann aus Rotterdam. Er hatte gehört, dass dieser eine verrückte Reise auf einer Yacht mit einem Professor aus Hamburg plante, der seine Jugendträume verwirklichen wollte.

Dieses Thema faszinierte Yani (Denzel nennt sie inzwischen so) dermaßen, dass sie erwog, sich zu beteiligen und eine Story zu entwickeln. Und Denzel sieht sofort eine Gelegenheit, sie näher kennenzulernen. Außerdem denkt er, dass ein Arzt bei so einer Unternehmung immer willkommen ist. Also beschließt er, beim nächsten Besuch in Hamburg mit Henk Overbeck zu sprechen.

Wie sehr Yani sich freut, mit Denzel zu segeln, will sie nicht zeigen. Sie, die bisher alle ernsten Annäherungsversuche erfolgreich abgewiesen hatte, freut sich plötzlich an dem Interesse von Denzel De Vries. So einen Mann, dessen positive Eigenschaften sie stark beeindruckt haben, lässt man nicht unversucht laufen, dachte sie und ein Lächeln umspielt ihre Lippen.

Der Plan

Das erste von mehreren recht kontroversen Gesprächen, die ich mit meinem nunmehr Partner Paul führe, findet wieder im „Schellfischposten" in Hamburg statt. Wir sind uns einig: Wir beginnen mit dem Planen, egal wie weit unsere Vorstellungen auseinander liegen. Was mich als Seemann interessiert, ist natürlich die Yacht. Mein Erschrecken ist groß als Paul mir sagt, dass er sie noch gar nicht gesehen habe, nur auf einem Foto. Paul hat das Schiff, welches in Palos de Frontera/Spanien liegt, aufgrund einer Anzeige in einer Fachzeitschrift gekauft, unbesehen. Es ist eine gebrauchte FAST CRUISING 23.

Ich bin sicher, das Entsetzen war mir anzusehen. Was will der denn mit einer 23 Fuß-Yacht, 7 Meter lang, für Blauwassersegeln mit 5 Personen? Viel zu klein. Aber noch kann ich ja ohne Verluste wieder aus dem verrückten Vorhaben aussteigen. Als ich jedoch das Foto sehe, dachte ich: Das kann nicht sein, dieses Schiff ist 23 **Meter** lang, nicht 23 **Fuß.**

Eigentlich zu groß für unser Vorhaben, aber sehr sportlich. Beim zweiten Hinsehen dachte ich: Naja, ist ja kein Fehler, dass sie so groß ist, wenn wir längere Zeit unterwegs sind, haben wir wenigstens viel Platz.

Jetzt wollen wir nur noch den Zustand und die Tauglichkeit prüfen, wir müssen also nach Palos de Frontera.

Als ich Paul frage, warum gerade Palos, liefert er mir eine für sein martimes Verständnis einleuchtende Erklärung: Kolumbus ist auch von dort gestartet. Aha, Kolumbus und Paul, die Beiden.

Wir fliegen also nach Spanien. Der erste Eindruck von der Yacht ist gar nicht so verheerend, und ja, es stimmt schon, gebraucht ist nicht neu. Da die Yacht in der Halle steht, ist es auch gut möglich, das Unterwasserschiff zu prüfen. Ergebnis: Ohne Beanstandung.

Naja die Segel haben einige Gebrauchsspuren.

Meine Entscheidung mit leichtem Unbehagen, ich versuch`s einfach, der Lustgewinn ist größer als das Risiko.

Nachdem wir uns alles angesehen und notiert haben, schlafen wir eine Nacht auf dem Schiff in der Halle. Nach dem Rückflug spreche ich mit Paul über das Ziel unserer Unternehmung.

Als Paul tatsächlich behauptet, eine unbekannte Insel entdecken zu wollen, versuche ich ihm klar zu machen, dass er etwa zweihundert Jahre zu spät kommt. „Lass uns einfach segeln, der Weg ist das Ziel," schlage ich ihm vor. Doch Paul bleibt stur, es muss eine Insel sein.

Dann lasse ich ihn eben in dem Glauben. Wir einigen uns als erstes Ziel auf Las Palmas. Von dort aus über Dakar in Westafrika kommen wir dem Südatlantik ein gutes Stück näher. Die ersten Etappen wären schon mal im Plan.

Im Weiteren könnten wir über die Südpolar-Region zur südlichsten Spitze Amerikas segeln und dann sehen wir weiter. Paul zeigt sich zufrieden, sicher in der Hoffnung, seine Insel doch noch zu finden. Und dass sein Risiko-Kauf von mir akzeptiert wird, befriedigt ihn sehr.

„Aber dieses Schiff braucht natürlich auch mehr Hände zum Bedienen," gebe ich ihm beim nächsten Treffen zu bedenken. „Kein Problem," sagt er ganz locker, „Mitsegler findest du in jedem Hafen." Ich versuche ihm klar zu machen, dass ich mein Leben nicht nachts einem „Mitsegler" ohne Kenntnisse der Navigation anvertraue, auch ein Kapitän muss ab und zu mal schlafen. Wir müssen uns umschauen im Freundes- und Bekanntenkreis, ob wir geeignete Crewmitglieder finden können. Hier stimmt er mir nun doch zu. Ich soll die Crew aussuchen und die navigatorische Vorbereitung machen, er wird die Planung der Verpflegung bearbeiten und die nötigen Finanzen bereitstellen.

Sofort mache ich mich an die Arbeit.

Die navigatorische Planung ist insofern schwierig, dass es nur Überseglerkarten gibt. Die sind für die Berufsschifffahrt ausreichend, für Segler, die auch die Küsten besegeln, enthalten sie zu wenig Informationen. Da muss ich noch ein paar Hafenhandbücher besorgen. Das Gute ist allerdings, dass diese große Yacht Seefunk und ein RADAR-Gerät besitzt. Auch neue Rettungswesten, eine Rettungsinsel und ein motorisiertes Schlauchboot sind an Bord. Trotzdem gibt es noch einiges zu bedenken.

Halt, denke ich mir, wie will den Paul die Verpflegung planen, wenn er nicht weiß, wieviel Personen mitsegeln? Ich werde mir erstmal Gedanken über potenzielle Mitsegler machen.

Pauls Planung

Natürlich bin ich etwas enttäuscht über Henks Reaktion. Ich habe gehofft, er wird mir um den Hals fallen bei so einem schönen Schiff. Ja, es geht nicht nur um die Schönheit, es muss auch schwimmen können, das habe ich schon begriffen. Aber es ist schließlich meine Reise zur Insel, die noch nicht entdeckt wurde, da will ich schon bestimmen, wie es gemacht wird.

Die Route stelle ich mir so vor: Wir segeln mit Zwischenstopps in westafrikanischen Häfen bis Cap Hope, suchen von dort aus zwischen der Eisgrenze des Südpolargebietes und den Falkland Inseln nach noch nicht entdeckten Inseln. Wenn wir dort nicht fündig werden, dehnen wir die Suche auf den Südpazifik aus. Ich habe eigentlich ein gutes Gefühl, was die Erfolgschancen betrifft.

Auch Kolumbus wurden damals wenig Erfolgsaussichten zugesprochen. Henk sagt, es gäbe auf dem Meer nichts mehr zu entdecken. Und was ist mit dem Bermuda-Dreieck? Oder immer wieder entdeckte unbekannte Meeresbewohner? Da staunen die Wissenschaftler. Philosophie ist auch eine Wissenschaft, ich glaube an mein Vorhaben.

Was die Planung der Ausrüstung und Verpflegung betrifft, wird es schwierig. Erforderliche Ausrüstungsgegenstände kann ich nicht einschätzen, da fehlt mir das seemännische Wissen bezüglich der einschlägigen Gesetze.
Bei der Verpflegung wird es einfacher, allerdings müsste ich die endgültige Anzahl der mitsegelnden Personen kennen. Im Augenblick gehen wir von vier aus.
Vielleicht sollte ich erstmal darüber nachdenken, **was** ich einkaufe, danach **wieviel**. Wenn wir Häfen anlaufen, und das wollen wir ja, muss ich auch die Einfuhrvorschriften recherchieren. Es gibt also noch viel Arbeit für mich.

Da hat es Henk einfacher, er hat nur das bisschen Navigation zu planen und die passende Crew zu finden. Fast beneide ich ihn.

Außerdem will er einfach nur segeln. Ich werde vielleicht eine Insel entdecken, die dann sicher nach mir benannt wird: **Slitear Island.** Das ist doch ein großes Ziel. Er wird das auch noch einsehen.
Und ich freue mich auf den größten Vogel der Erde, den Albatros, den es nur in den südlichen Breiten gibt. Dieser Vogel ist majestätisch, er kann viele Tage in der Luft bleiben, ohne einen Flügelschlag. Ich bewundere ihn.

Eine perfekte Crew

Es macht keinen Sinn, Paul von seinen Spinnereien abzubringen. Ist auch besser so, eine so große komfortable Yacht hätte ich mir niemals leisten können, obwohl ich als Kapitän nicht schlecht verdient habe.

Nun bin ich am Zug zu entscheiden, ob die Crew der Reise gewachsen ist. Die Kandidaten müssen seefest sein, teamfähig sein und eine Funktion in der Mannschaft ausfüllen können. Ich brauche an Deck seemännisches Personal, evtl. auch zum Anlernen, ein Crewmitglied sollte zusätzlich kochen können. Die Verpflegung ist ein wichtiger Baustein zum Erfolg der Unternehmung.

Erst Tage später, abends am Stammtisch in Hamburg-Altona kommt Bewegung in die Sache. Ich erzähle der Wirtin Ursula was wir vorhaben. Sie lacht und schüttelt den Kopf: „Ich wette, du findest niemand."
Wieder ein paar Abende später spricht sie mich an: „Da ist doch dieser Landsmann von dir, der macht einen guten Eindruck, ich glaube das wäre eine Verstärkung für euch." Mein Gesicht hellt sich auf, Ursula meint sicher Denzel.
Insgeheim habe ich schon an meinen Landsmann Denzel De Vries gedacht, einen befreundeten Arzt aus Haarlingen in Nordfriesland. Er ist ein hervorragender Arzt, ruhig und überlegt, kaum zu reizen. Ich werde ihn fragen. Oder doch nicht?

Soviel mir in Erinnerung blieb, hat Denzel eine langjährige Freundin. Schade, da wird er nicht zwei Jahre oder mehr auf See unterwegs sein wollen. Aber anrufen kann ich ihn ja mal.

Gut zwei Wochen später kommt Denzel De Vries mit Freundin Aayana, von ihm Yani genannt, nach Hamburg,
Es dauert einen ganzen Nachmittag, bis Denzel das Vorhaben einigermaßen begriffen hat.
„Ein promovierter Mensch, der glaubt, dass auf dieser kleinen Erde irgendwo noch Inseln unentdeckt sind?" fragt er mich verwundert.
„Ja, er glaubt dran, es war sein Kindertraum, eine Schatzinsel zu entdecken," versuche ich ihn zu beruhigen.
„Also kein ausgeflippter Verrückter?"
„Nein," versichere ich nochmal.
„Und was soll ich dabei?"
„Naja," sage ich diplomatisch, „Du könntest auch mal eine Auszeit vertragen und vergiss nicht, du bist Arzt, Ärzte sind auf Yachten immer gern gesehen. Gerade bei solchen langen Törns, vielleicht zwei Jahre."
Denzel holt tief Luft, dann sagt er „Nein, daraus wird nichts. Du vergisst, dass ich liiert bin, zwei Jahre ohne meine Yani, das geht nicht," sagt er entschieden, aber etwas wie Bedauern schwingt in seiner Stimme mit.
Und ich habe es mir gerade so schön ausgemalt, zwei Holländer auf dem Weg zur antarktischen Küste. Wir hätten viel Zeit für gute Gespräche. Es soll nicht sein.

„Warum fragt mich keiner?" Ich drehe mich um, es ist Yani. Ich sehe meinem Landsmann die Verblüffung an, als er sagt „Du meinst.....?"
Sein Gesicht spannt sich, von einer leichten Röte überzogen. Dann küsst er Yani. Es scheint plötzlich alles so einfach. Ich schaue diese sympathische Frau an.

Ja warum eigentlich nicht, schießt es durch meinen Kopf. Denzel und Yani, und die Crew ist komplett. Noch etwas fällt mir ein: Denzel hatte mal erwähnt, dass er gerne kocht, ein Hobby von ihm. Aber vielleicht will er gar nicht kochen? Da muss ich später mal mit ihm reden. Im Augenblick bin ich total happy.
„Du bist doch Kapitän, wie ich von Denzel gehört habe" sagt Yani. Ich sage erstmal gar nichts und hole tief Luft.

„Ja, ich war Kapitän, jetzt brauche ich eine große Pause.
Ich werde die Yacht auf der geplanten Reise als Skipper fahren."
Diese Frau macht mich ganz schön nervös mit ihrem Aussehen und ihrer Selbstsicherheit. Sie ist sicher gewöhnt mit Männern zu arbeiten. Da erzählt sie schon. „Ich bin in Westafrika geboren, arbeite jetzt als Reporterin für ein Journal weltweit. Wenn ich eine gute Story wittere, bin ich immer dabei. Als ich Denzel während einer Recherche in Benin an der afrikanischen Goldküste kennenlernte, war ich von seinem Engagement bei „Ärzte ohne Grenzen" beeindruckt.

Er gefiel mir auch als Mann und so sind wir schon einige Zeit zusammen. Leider víel zu selten, da wir beide weltweit arbeiten. Diese Gelegenheit musste ich nutzen, um mal länger etwas gemeinsam mit ihm zu tun." Sprach´s und lächelt mich wieder an.

Dieses Lächeln, eine von Herzen kommende Freundlichkeit. Wahnsinn. Ob das gut geht mit dieser Frau an Bord?
Als ich mich kurz darauf mit Paul treffe und ihm von meinem Erfolg bei der Komplettierung der Crew berichte, ist er zufrieden. Er legt mir die Planung der Ausrüstung vor und die vorbereitende Planung der Verpflegung ohne Mengenangaben. „Du siehst, die Sache nimmt Fahrt auf" sagt er und ich höre Begeisterung aus seinem Tonfall. Jetzt bin ich wieder gefragt, die Anreise nach Palos zu planen. Wir haben auch nautische Instrumente zu verschicken und noch ein Paar Rettungswesten die Kosten scheinen Paul nicht zu interessieren. Mir soll´s recht sein. Nach einem weiteren Treffen sind wir soweit. Auf nach PalosPalos de Frontera, Spanien, Provinz Helva, Andalusien. Hier startete Kolumbus seine Reise und entdeckte im Jahre 1742 Amerika.

Beginn einer verrückten Reise

Zuerst wäre da der Flug zu buchen. Einen günstigen Direktflug finde ich vom Flughafen Hamburg HAM nach Faro Airport. Günstig vom Preis von 440,-€ für vier Personen und auch von der Flugzeit von siebeneinhalb Stunden für die 2400 km.

Wir machen uns also auf den Weg. Der Flug ist angenehm, nach zweieinhalb Stunden haben wir einen Zwischenstopp in Paris. Stunden danach ist auch die Biskaya einmal kurz zu sehen. Nach der Landung in Faro Airport miete ich einen Transporter für unser vorausgeschicktes Gepäck und die Technik. Damit erreichen wir am Nachmittag den Hafen von Palos de Frontera.

Ein spannender Moment, als wir vor der Yacht stehen. Kurz drauf sind wir alle im Salon versammelt und die ersten unterschiedlichen Sichtweisen werden deutlich. Während ich denke, großzügig gebaut mit viel Raum, sagen Yani und Denzel etwas enttäuscht: „Ist ganz schön eng." Und Paul schweigt betreten.

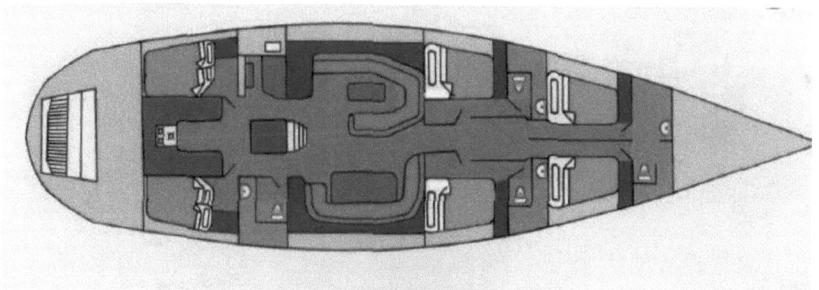

Ich enthalte mich jeden Kommentars und teile die Kabinen ein. Da der Navigationstisch in der Kabine hinten links ist, werde ich hier „wohnen", Paul dann hinten rechts. Beides sind eigentlich Zweibettkabinen mit ausreichend Platz.

Yani und Dezel bekommen die vorderen Kabinen gleich hinter dem Salon. Damit sind noch zwei Schlafkabinen zum Stauen von allen möglichen Dingen frei. Die Küche befindet sich unter dem hinteren Niedergang. Heute haben wir noch mit dem Bunkern der mitgebrachten Verpflegung und dem Verstauen der Technik zu tun.
Ein Hafenrundgang schließt sich an. Hier also ist Kolumbus gestartet, um die alte Welt zu verändern.
Paul war ja schon zwischenzeitlich zur Schiffsübergabe hier. Er schildert uns Palos in leuchtenden Farben. Alles können wir uns nicht ansehen, aber der Traditionshafen mit dem Nachbau der drei Kolumbusschiffe ist ein Muss. Meine Crew steht tief beeindruckt vor diesen Schiffen.

„Schaut genau hin," sage ich, „die „Pinta", das kleinste Schiff der Flotte, war 21 Meter lang, also zwei Meter kürzer als unsere Yacht. Und sie hatte 26 Mann Besatzung."
Denzel schaut ungläubig, Paul und Yani schütteln fassungslos die Köpfe. Soviel zu der vorherigen Bemerkung, dass unsere Yacht eng wäre, denke ich.

Den Abend nutze ich zur Einweisung. Die Sicherheitseinweisung betrifft den Brandschutz, die Gasanlage und die Rettungsmittel.
Danach kommt der gemütliche Teil.
Ich stelle zwei Flaschen Sekt und eine Flasche Rum auf den Cockpittisch. Paul schenkt ein und wir stoßen erleichtert an, der erste Teil wäre geschafft. Denzel hat uns etwas Essbares auf den Tisch gestellt.
„Wie geht es weiter?" fragt Denzel neugierig.
„Ich bin dafür, dass wir uns morgen Palos ansehen," schlage ich vor. Alle sind einverstanden, Paul wäre sicher gerne gleich gestartet, aber er macht mit. Wir sitzen noch gut drei Stunden bis die Flaschen leer sind. Es ist wunderbar, den Sonnenuntergang vom Hafen aus zu erleben und die aufziehende blaue Nacht. Die Gespräche drehen sich um den ersten Tag auf See. Wie wird es sein auf dem Atlantik? Wann werden wir wo anlegen?
Fragen die Paul und ich heute noch nicht beantworten können.
Also geniessen wir die erste Nacht in unseren Kojen. „Licht aus und Ruhe im Schiff" hat mein Bootsmann immer gerufen, denke ich noch, dann bin ich schon eingeschlafen.

Kaffeeduft schleicht sich durchs Schiff und kriecht in meine Nase. Es ist Zeit, aufzustehen. Denzel, der Frühaufsteher hat sich zum Koch befördert und das Frühstück vorbereitet. Wenn alles so gut klappt…, freue ich mich.

Nach und nach kommen die andern aus den Kojen. Während sie sich duschen, trinke ich mit Denzel eine Mug (seemännisch für hohe Tasse) heißen Kaffee.

Zeit, die Crew mal vorzustellen:

| Paul | Yani | Denzel | Henk |

Inzwischen sitzen wir vier beim Frühstück. Paul hat gut eingekauft, „Ein gutes Frühstück ist wichtig" hat er betont. Noch einen Kaffee, noch ein bisschen erzählen, dann machen wir uns landfein. Paul schlägt vor, was wir uns ansehen sollten. Auf gar keinen Fall dürfen wir das Neptundenkmal verpassen. Das würde uns der Herrscher der Meere übelnehmen. Also zuerst dorthin. Ein wirklich schönes Denkmal. Morgen auf See werden wir ihm einen Schluck vom Besten opfern.

Auf diese Anhöhe vor uns müssen wir einfach, schon wegen dem wunderbaren Ausblick. Dort der Leuchtturm Cabo de Palos und auf der anderen Seite die City. Zeit, einen Drink zu nehmen, denke ich und wir setzen uns vor die Bar unweit vom Hafen.

Plötzlich zückt Paul seine Einkaufsliste und zieht los, noch einige offene Positionen zu ergattern. Wir anderen gehen zu den Fischern im Hafen. Hier wird alles angeboten, was das Meer zu bieten hat, da können wir nicht widerstehen, ein voller Beutel ist das Ergebnis. Dann bummeln wir zurück, bleiben hier mal stehen und kehren dort ein. Zeit für einen Café pingado und ein Glas gut gekühlten Orangensaft ist immer. Auch mit der spanischen Bedienung im Café kommen wir trotz aller Sprachhürden schnell in Kontakt.

Jetzt ist es Zeit, zum Schiff zurück zu kehren. Nicht ohne vorher noch einen Blick auf die weite Bucht von Palos zu genießen.

Die herrlichen Strände locken uns, aber wir haben ja noch etwas Großes vor: eine neue Insel zu entdecken. Morgen starten wir.

Als Paul abends an Bord kommt, kommt er nicht allein. Schon von Weitem sehen wir ihn mit einer jungen Frau in angeregtem Gespräch. Er stellt sie uns als Tilly vor. Nun bin ich aber doch gespannt, was das werden soll.

Etwas verhalten, so als wüsste er nicht genau, wie er es uns sagen soll, beginnt er.

„Das ist Tilda Palmgren, Studentin der Philosophie an der Linné-Universität in Südschweden. Sie möchte uns gerne begleiten." Begleiten, was heißt das? Doch nicht etwa mitsegeln? Und Paul setzt nochmal an zu werben.

„Wir haben doch genug Platz und außerdem werden wir jede Hand an Bord brauchen."

„Dann reicht aber die Verpflegung nicht," gibt Denzel zu bedenken. „Ich kann jederzeit nachkaufen, in jedem Hafen," betont Paul nach einem leichten Schweißausbruch. Alle schauen auf den Skipper. Nun werde ich wohl die Entscheidung herbeiführen müssen. Ich schaue mir die Dame genauer an: Groß gewachsen, aber nicht zu groß, gefährliche, wasserblaue Augen und eine Top-Figur. Mir wird ziemlich heiß und unter ihrem Blick noch heißer. „Komm, sag´ schon JA Skipper" höre ich sie sagen. Es rauscht in meinen. Ohren. Schnell suche ich einen Grund. Wenn ich Paul vor den Kopf stoße, könnte unser gutes Verhältnis schon am ersten Tag beschädigt werden. Also sage ich zu.

Da fällt mein Blick auf Tilly. Mein Gott wird mir heiß, diese Augen sind eine Waffe. Ob das gut geht über lange Zeit?

Leinen los, das Abenteuer ruft

Da ich nun nicht mehr zurück kann und will sage ich: „Pauls Argumente sind einleuchtend, Platz ist da und zwei Hände mehr bei den Manövern können wir auch gebrauchen." Tilly stürzt auf mich zu und drückt mir einen Kuss auf die Wange. Ich denke: nur schnell weg. Ein Gin Tonic mit viel Eis kühlt mich ab. Die Vorbereitungen für das morgige Auslaufen können beginnen.

Es ist noch nicht mal richtig hell, da höre ich schon Klappern in der Kombüse und Stimmen im Salon. Ein verführerischer Duft kriecht in meine Koje. Wau, es gibt Skipperfrühstück, denke ich begeistert und bin schnell wie der Blitz in meiner Hose. Zwei Hände Wasser ins Gesicht und kurz darauf stehe ich im Salon.
Denzel schaut aus der Kombüse herüber und fragt: „Darf ich?" Er hält einen Teller in der Hand mit einer Scheibe Brot. Als ich mit dem Kopf nicke, legt er darauf zwei Scheiben Schinken und zwei gebratene Eier. Alle anderen werden jetzt versorgt, nur Tilly aus der Bugkabine ist noch nicht gesehen worden.
„Gehst du sie mal wecken," bittet mich Denzel.
Den Teufel werd´ ich tun, ich muss gleich das Schiff führen, da brauche ich keinen hohen Puls. Yani erbarmt sich und kurz darauf kommen beide Frauen an den Frühstückstisch.
Große Augen bei Tilly: „Ich esse keine Eier."

Auf ins Gefecht, denke ich und sage: „Dann musst du Brot und Schinken essen."

„Schinken esse ich morgens auch nicht."

„Ja, dann bleibt nur noch das Brot, du wirst nicht hungern müssen." Ihre Augen werden immer größer.

Schließlich ergibt sie sich in ihr Schicksal. Bin ich zu hart? Auf einem Langtörn sind alle Lebensmittel genau geplant und ich möchte nicht das ganze Jahr die Eier essen, die sie nicht mag und sie isst meine Konfitüre. Das mache ich ihr klar. Dann bitte ich Paul um Honig und Butter für Tilly. Ein dankbarer Blick und sie lächelt wieder.

Der starke Kaffee macht uns alle munter. Immer vor dem Ablegen werde ich morgens nach dem Frühstück den Tagesplan erläutern, also die nächsten 24 Stunden.

Heute sieht das so aus: „Wir legen um 10 Uhr ab, fahren mit Maschine aus dem Hafen und setzen dann die Segel. Sobald die Segel stehen und das Schiff Fahrt aufnimmt, wollen wir mit einem Glas vom besten Rum anstoßen auf eine glückliche Unternehmung und dann wird jeder einen Schluck für Neptun opfern. Da zurzeit wirklich wenig Wind herrscht, werden wir die Segelmanöver üben.

Unser erstes Ziel könnte Casablanca sein, 220 Seemeilen, also ca. 400 km entfernt, in zwei Tagen zu erreichen. Wenn der Wind jedoch sehr günstig steht, segeln wir durch bis Las Palmas auf den Kanarischen Inseln. Dafür brauchten wir allerdings vier Tage. Einen festen Plan kann man nicht machen, das Wetter bestimmt wann und wohin wir segeln." Alle vier nicken zu-stimmend.

Also dann los.

Der Motor läuft rund und das Kühlwasser blubbert. Die Vor- und Achterspring löse ich selber. An der Vorleine steht Paul und am Heck hat Denzel die Achterleine in der Hand. Auf mein halblautes Kommando werden die Leinen eingeholt. Langsam löst sich das Schiff vom Anleger. Wir sind unterwegs. Nach einer halben Stunde, ca. 4 Meilen von der Küste entfernt, werden die Segel feierlich gesetzt.

Sofort nimmt das Schiff freudig den leichten Wind an und gewinnt an Fahrt. Paul bringt fünf Gläser Rum ins Cockpit. Erwartungsfroh stoßen wir auf eine gute Fahrt an und bitten Neptun um gutes Gelingen.
Wenn ich daran denke, wie lange schon die Matrosen und Seeleute aller Schiffe weltweit in dieser Weise Neptun geopfert haben, müsste er eigentlich Alkoholiker sein.
Wir haben jedenfalls alles für eine erfolgreiche Reise getan.
In den nächsten Stunden üben wir das Wenden und Halsen. Auch wenn die vier noch keine Seeleute sind, es klappt schon ganz gut. Wir kommen gut voran, da der Wind leicht zunimmt. Ich prüfe nochmal alle nautischen Instrumente, während der Autopilot das Schiff steuert. Die Crew übt seemännische Knoten. Ich bin sehr zufrieden. Jetzt beginnt der Bordalltag.
Am nächsten Nachmittag sind wir auf der Höhe von Casablanca, leider zu weit draußen um etwas zu sehen. Der Wind nimmt etwas zu und dreht auf Ost. Jetzt muss noch dreimal die Sonne aufgehen, dann nähern wir uns den Kanarischen Inseln. Yani war oft dort und erzählt uns, welche Sehenswürdigkeiten wir uns ansehen sollten. Dabei vergisst sie in der Vorfreude, dass wir nur einen Tag bleiben wollen.

Sie schwärmt von dem Strand auf Las Palmas, von den Bergen, den bewohnten, unbewohnten und unbewohnbaren aufgrund ihrer steilen Hänge. Auch die Kathedrale von Santa Ana sollten wir uns unbedingt ansehen. Währenddessen unterhalte ich mich auf dem Vordeck mit Paul. Wir werden einen Kompromiss finden zwischen dem Wunsch von Paul, so schnell wie möglich in die Region um den 40. Breitengrad zu kommen und den Wünschen der anderen, ein paar Tage in den schönen Häfen der Westküste Afrikas zu verbringen.

Ich denke mal, das werde ich hinkriegen. Habe ja genug Zeit, die einzelnen Charaktere kennenzulernen.

Nach dem Frühstück am nächsten Tag ergibt es sich so, dass mir Yani über den Weg läuft. Sie möchte mich etwas fragen. Wir setzen uns auf Deck vor den großen Mast und haben die Weite der See vor uns. Der wiegende Rhythmus der langgezogenen Wellen und ihr Rauschen beim Weiterziehen versetzt uns in eine Hochstimmung. Was wird Yani von mir wollen? denke ich. Ein Blick in ihr Gesicht beruhigt mich, auch sie genießt die See. Dann fragt sie mich plötzlich: „Was hältst Du von Tilly?" Die Frage überrascht mich.

„Das war doch nicht geplant, oder?"

Ich denke kurz nach. Warum fragt sie sowas?

„Nein, soweit ich Paul kenne, war das nicht geplant. Er hat sie zufällig hier getroffen. Tilly ist sehr kommunikativ, sie wird ihn angesprochen haben. Eine Studentin ist für Paul immer interessant, obwohl er 20 Jahre älter ist. Mit ihr kann er sich über Philosophie austauschen." Ich schaue Yani ins Gesicht. Ein offenes sympathisches Gesicht, eine schöne und kluge Frau.

Was wird sie wohl über unseren Törn schreiben?

„Hast du Bedenken, dass wir Männer uns um sie prügeln?" schiebe ich noch fragend hinterher.

„Naja, sagt sie, ich habe deine und Denzels Blicke gesehen. Mit den Augen einer Frau erkenne ich, dass Tilly kein Kind von Traurigkeit ist. Auch du bist nicht sicher."

Ich versuche, das Gespräch in eine andere Bahn zu lenken. „Denzel hat mir nicht allzu viel von dir erzählt. Ich wüsste gern mehr" bat ich leicht angespannt.

„Also für dich mein Lebenslauf in Kurzform: 32 Jahre alt, weiblich, Medienwissenschaft studiert, Reporterin für ein großes afrikanisches Journal, reise gerne, sammle offene kluge Menschen."

Der Teufel reitet mich als ich scherzhaft frage: „So, weiblich, kannst du das beweisen?"

„Henk, Keep cool" entgegnet sie leicht errötend „Du würdest dir die Finger verbrennen."

„Ok" fahre ich mein Adrenalin runter „war nur ein Test"

Wir haben uns noch oft über ihre Arbeit und ihr Leben unterhalten. Eine sehr angenehme Person, die immer eine positive Spannung erzeugt. Wir kommen bestimmt gut klar.

Am Nachmittag kommt Denzel auf mich zu.

„Ich habe die Erste-Hilfe-Ausrüstung kontrolliert. Da hat Paul etwas wirklich Gutes gekauft. Sollte es mal ein Problem geben, kann ich sogar einfache Operationen durchführen. Der Arznei-

41

Status müsste etwas ergänzt werden. Gegen Seekrankheit ist jedoch ausreichend vorhanden."

„Danke, Denzel. Danke auch für dein Einsatz in der Kombüse. Hast du das Kochen mal gelernt?"

„Nein, meine Mam hat mir einiges beigebracht. Freut mich, wenn es euch schmeckt."

Ich bin wirklich froh, dass uns Denzel De Vries auf dieser Unternehmung begleitet. Ist ein gutes Gefühl, einen Arzt an Bord zu haben.

Bei passender Gelegenheit werde ich noch mit Tilly sprechen. Im gleichen Augenblick denke ich: Worüber eigentlich?

Hafenglück in Las Palmas

Nach 770 Seemeilen (entspr. 1.426 km) kommt die Inselgruppe der kanarischen Inseln in Sicht. Henk ist schon dabei das Anlegen vorzubereiten. Er teilt die Positionen für Denzel, Yani und Tilly ein. „Paul, du nimmst die Vorleine," ruft er mir zu. Voraus sehen wir die weite Bucht mit dem Hafen von Las Palmas. Etwas weiter rechts die malerische Altstadt am Berghang.

Henk steht am Ruder und steuert den Hafen an. Uns wird ein Liegeplatz zugewiesen und nach fast einer Woche auf See sind die Leinen wieder fest.

Köstlich schmeckt das Anlegebier. Es bleibt nicht bei dem einen. Wir sind für zwei Tage in Las Palmas fest.

Yani hat uns einige Sehenswürdigkeiten empfohlen. Wir bummeln zur Kathedrale Santa Ana. Ein mächtiges Bauwerk. Ich philosophiere über den Sinn dieser extremen Bauwerke. Was meint Tilly dazu. Ich werde sie bei Gelegenheit fragen. Es interessiert mich schon, was eine Studentin darüber denkt. Außerdem finde ich sie sehr sexy, wenn man das von einer zwanzig Jahre jüngeren Frau so sagen darf. Mal sehen, vielleicht ergibt sich mehr als eine Unterhaltung. Ich bin nicht ganz sicher, ob ich sie nicht deshalb zur Yacht gebracht habe.

Für den Abend wollen wir uns ein Lokal suchen. Aber vorher noch einen Blick hinunter zum Hafen. Wir liegen an der äußeren Mole innen. Der hohe Mast ist deutlich zu erkennen.

Ganz in der Nähe in der Calle Kant Nr.21 kommen wir zur Cafeteria Capricci und machen eine Pause im Schatten zweier großer Palmen.

Ich bestelle mir Joghurtkuchen mit Papaya und eine Eisschokolade. Sehr lecker, aber für einen Briten ungewohnt. Yani schließt sich mir an, sie findet das auch gut. Als uns noch Granny´s Schokoladenkuchen hausgemacht angeboten wird, können wir wieder nicht nein sagen.

Für heute Abend brauchen wir noch ein Lokal. Tilly bietet sich an, danach zu suchen. Wir anderen bleiben noch eine Weile im Schatten sitzen und trinken gekühlten Orangensaft.

Nach etwa einer Stunde taucht Tilly wieder auf. Mit Daumen hoch deutet sie an, etwas Passendes gefunden zu haben. Wir gehen nochmal zum Hafen „Schiffe gucken". Dann ist es Zeit. Am Lokal wird uns klar, dass wir ohne Reservierung keine Chance gehabt hätten.

Die sehr freundliche Bedienung zeigt uns unseren Tisch. Ich trinke ein Eiswasser und baue mir ein Menü zusammen.

Zuerst bestelle ich einen Ensalada de Manzana mit Ziegenkäse. Als Hauptgang das Solomillo el Ricon, mit einer Knoblauchsoße überzogen. Zu meiner Überraschung wird beim Servieren alles mit einem Bunsenbrenner behandelt. Seltsam, aber es schmeckt vorzüglich. Nach dem Cherne mit Papaya Gratin lehne ich mich zufrieden zurück.

Dem Rest der Crew geht es ähnlich, auch sie sind voll zufrieden. Nun noch die Getränke.

Die beiden Frauen möchten was Fruchtiges. Der Camarero (Kellner) bringt ihnen Tinto de Verano, ein Rotwein mit Früchten und Soda. Henk und ich wählen zum Auftakt ein einheimisches Bier, das „Tropical."

Denzel hat einen besonderen Geschmack, er trinkt „Las Palmas Ron Miel", ein Honigrum. Neugierig geworden wollen wir das auch versuchen. Schmeckt ganz passabel.

Jetzt ist es Zeit für mich, der Crew ein Dankeschön zu sagen. Henk hat es schon beim Anlegen getan.

„Wir haben als Crew die ersten fünf Tage und Nächte ganz gut absolviert, obwohl ihr keine Segler seid. Nach einem Jahr seid ihr es, da bin ich mir sicher. Lasst uns darauf trinken." Ich bestelle fünf „Aqua de Valencia". Beim ersten Schluck hole ich tief Luft. Der Camarero sieht das und klärt mich auf: das Getränk besteht aus Gin, Wodka, Cava, etwas Orangensaft und Zucker. Ich bin sicher, der Hauptbestandteil ist Gin. Ab sofort trinken wir abwechselnd Honigrum und Aqua de Valencia. Es wird heiß im übervollen Raum. Die Stimmung steigt, der Lärmpegel auch. Die Camareros beginnen zu rennen, bei uns beginnt der Alkohol zu wirken.

Lilly und Yani sehen noch verführerischer aus als bei Tageslicht. Und das schon nach fünf Tagen auf See. Aber auch die beiden sind heute anlehnungsbedürftig.

Ich schlage vor, zurück zum Hafen zu gehen. Auf dem Schiff haben wir ja auch ein ganzes Arsenal an trinkbaren Flaschen. So geschieht es dann. Wir sitzen noch lange im Cockpit, albern herum, erzählen Witze und trinken den guten Rotwein aus Plastebechern. Egal, morgen ist ein freier Tag, da kann jeder von uns machen was er will. Und es gibt noch viel zu entdecken.

Ich gebe Tilly zu verstehen, dass ich noch einen sehr guten Wein in meiner Kabine habe. Sie flüstert mir lachend ihre Ablehnung ins Ohr. Und ich denke, morgen ist auch noch ein Tag.

Aber am nächsten Tag passiert gar nichts. Wir wandern in die Berge, genießen traumhafte Ausblicke auf den Atlantik und treffen uns abends wieder auf dem Schiff.

Nach dem Frühstück schlägt Henk uns den weiteren Ablauf vor: Wir segeln nach Dakar, 865 Seemeilen bei einem durchschnittlichen Log von 5 Knoten bedeutet für uns etwas über eine Woche auf See. Das Wetter soll unbeständig werden, eventuell auch Starkwind sagt der Seewetterbericht. Und wenn Henk das sagt, dann wird es so sein. Ich schaue mir nochmal die Karte an.
Irgendwo da draußen gibt es eine unentdeckte Insel, da bin ich mir sicher. Irgendwo zwischen der Prinz-Edward-Insel und der Bouvetinsel.
Alle glauben, ich sei besessen von einem Trugbild. Aber die werden sich wundern, die neuentdeckte Insel wird meinen Namen tragen: Slitearinsel.

Kurs Dakar liegt an

Paul war so seltsam heute früh, so als hätte er die Insel schon entdeckt. Ich will ihm nicht den Spaß verderben, aber dort unten eine unentdeckte Insel zu finden ist ein Hirngespinst, dort ist jeder Quadratmeter vermessen und die Meerestiefe beträgt 5000 Meter. Allerdings gibt es ein paar Stellen da ist der Südatlantik nur ca. 250 m tief. Aber eine Insel, nein.

Wir anderen wollen segeln, ein paar Abenteuer erleben und Spaß haben. Denzel und Yani tut die gemeinsame Zeit sichtbar gut. Ich habe mit der Navigation zu tun und einen einigermaßen guten Wetterbericht zu bekommen. Der Wind hat leicht aufgefrischt, wenn es bei Stärke 5 bleibt, will ich mich nicht beklagen. Der erste Tag wieder auf See vergeht ohne Besonderheiten. Zwei große Schiffe zogen in der Ferne vorbei, sonst nur Wasser. Am Abend übernehme ich die erste Wache. Der Autopilot hat keine Probleme mit der Welle. Ich schaue gedankenverloren in den samtblauen Nachthimmel. Heute ist Neumond, also nur Sternenlicht. Die Sternbilder und sogar die Milchstraße sind klar zu erkennen. Ich lehne mich zurück und genieße.
Die Hand auf meiner Schulter gehört nicht mir. Neugierig drehe ich mich um, Tilly steht hinter mir, so nah, dass ich ihren Körper trotz Wind rieche. „Darf ich auch mal die Sterne sehen?" fragt sie mich leise.

Ich reiche ihr mein Nachtglas und höre ein leises Stöhnen „So schön." sagt sie. „kannst du mir die Sternbilder erklären?" „Wenn meine Wache beendet ist. Wir treffen uns am Bug." Tatsächlich ist sie zwei Stunden später da und ich zeige ihr alle Sterne. Sie möchte unbedingt das Kreuz des Südens sehen. Wir sind noch auf der nördlichen Halbkugel, erkläre ich ihr. Und wieder liegt ihre Hand auf meiner Schulter.

Und wieder flüstert sie etwas in mein Ohr, das klang so wie „...dann zeig mir bitte was anderes Schönes." Ich glaube ich sollte den Anker werfen, das hier ist zu heiß. Erst da sehe ich ihr offenes Hemd und eine pralle Brust, pure Verführung. Andererseits möchte ich sie nicht abschrecken. Also sage ich: „ perhaps another time, another place", das lässt alles offen. Ich gehe in meine Kabine und dusche zweimal kalt. Und denke: Schade.

Gegen Morgen weckt mich Denzel. Der Wind hat zugenommen und unsere Yacht hat mit den seitlich einkommenden brechenden Wellen ganz schön zu tun. Als die Crew beim Frühstück sitzt, bin ich froh, dass keiner seekrank ist. Und der freche Blick, mit dem Tilly mich ansieht, ist nicht zu übersehen. Sie legt es darauf an. Zugegeben, beim nächsten Mal reiße ich nicht aus, da bin ich mir sicher. Doch es passiert mehrere Tage nichts. Wir haben mit dem Wetter schwer zu tun. Die Yacht zittert und stöhnt, wenn sie in die Welle einsetzt. Alle Sachen sind nass und die Hände aufgeweicht und blutig. Es ist erstaunlich, wie Paul das durchhält.

Da kommt Denzel, Ihn hat der Himmel geschickt. Er hat zwei großе Gläser Irishcoffee in der Hand, mein Lieblingsgetränk an feuchten Seetagen. Am Ende der Woche sind wir nur noch 24 Stunden von Dakar entfernt. Ich sitze in meiner Kabine und studiere das Hafenhandbuch von Dakar. Ich spüre einen leisen Luftzug von der Tür her und sie steht vor mir, Tilly. Viel hat sie nicht an und ich bin etwas ärgerlich. „Ich muss arbeiten" brumme ich unsicher.

„Wie lange hast du noch Freiwache?" fragt sie fordernd.

„Vier Stunden". „Das schaffen wir" sagt sie jetzt mit blitzenden Augen. „Was hast du vor" frage ist sie überflüssigerweise.

Da sind ihre Hände schon da, wo sie eigentlich nicht hingehören. Ihr süßer Geruch hat die Wirkung von Chloroform. Willenlos lasse ich es geschehen, es tut mir einfach gut. Wann hat sie sich ausgezogen? denke ich noch, da ist sie schon über mir. Mit einem glucksenden Lachen macht sie mir das Schaukelpferd. Unglaublich, diese Frau. Wir toben uns aus, bis die vier Stunden fast vorüber sind. Bevor sie die Tür öffnet, flüstert sie mir zu: „Oh, Henk. Es war wunderbar." Und mit einem Lächeln denke ich: schön, dass es dich gibt.

Wir nähern uns Dakar, der Hauptstadt der Republik Senegal. Die Bevölkerungszahl der Metropole beträgt 4 Millionen. Im 15.Jh trieben die Portugiesen hier Sklavenhandel. Im 19. JH wuchs Dakar zu einer Großstadt des französischen Kolonialreichs. Erst 1960 wurde Dakar unabhängig. Schon von weitem macht die Stadt einen gewaltigen Eindruck.

Im Hafenhandbuch finde ich den Hafen von Dakar, riesengroß und sehr klar strukturiert fügt er sich das Gesamtbild ein. Wir wollen nur unseren Proviant auffüllen und übermorgen wieder starten. Natürlich wollen wir etwas von der Stadt sehen, aber es wird wohl nur für das Hafenviertel reichen.

Im Hafen von Dakar kann sich jeder seinen Liegeplatz selbst suchen. Wir liegen nahe der Stadt am runden Terminal. Ein bisschen froh sind wir doch, hier gut rüber gekommen zu sein. Denzel findet noch ein paar Büchsen "Tropical", das Bier von Las Palmas, unser Anlegebier. Bis jetzt ist fast alles gut gegangen und die Reise beginnt uns Spaß zu machen. Schade, dass die Stadt so riesengroß ist, wir sehen uns nur die Gegend um den Hafen an. Die doch recht schmutzigen Gassen fallen uns besonders auf.

Ein Taxi hält. Der Fahrer schaut herüber. Aha, keine Franzosen oder Einheimische wird er denken. Kurz darauf komm seine Frage: „do you like a resturant?"

Natürlich, wir „liken". Als wir wieder aussteigen, sind wir am anderen Ende der Stadt. Der Mann ist clever.

Aber wir bereuen es nicht. Vor uns direkt am Stand des Atlantiks sehen wir das Restaurant „Moflaye Beach". Eine Riesenterrasse liegt direkt am breiten Sandstrand.

Das Lokal ist nur mäßig besucht. Vor allem die Plätze direkt am Meer sind belegt. Also nehmen wir erstmal Platz.

Eine Bedienung ist nicht zu sehen. Wir warten eine halbe Stunde und beobachten die Strandläufer, die Taucher und die Badenden. Als ich am Tresen eine weibliche Person anspreche, nickt diese und putzt weiter die Gläser. Nach weiteren zehn Minuten erscheint dann eine sehr junge Frau. Yani spricht französisch und bitte die Bedienung um die Karte. Das fängt ja gut an, denke ich etwas frustriert. Das hier überhaupt jemand herkommt, ist sicher der Strandnähe zu verdanken.

Yani berät uns bei der Auswahl der Speisen. Ich beginne mit „Cervettes á l'ail", unsere Dolmetscherin Yani hatte mich aufgeklärt: Das sind Knoblauchgarnelen. Und die sind wirklich köstlich. Auch der „Lot Brochette" (Mönchsfisch) ist gut, wie der Tequila, den alle trinken. Wir sitzen schon vier Stunden und bei jedem Tequila wurde der Strand schmaler, behauptete jedenfalls Paul. Das stimmt auch, die Flut läuft auf.

Ehe wir hier mit nassen Füßen sitzen, beschließen wir aufzubrechen. Aber es kommt niemand mit der Rechnung. Ich versuche es mit Winken, dann mit Rufen, bis sich schließlich eine Bedienkraft unserem Tisch nähert und die Rechnung bringt, für den ganzen Tisch. Das ist hier so üblich, sagt Yani und auch, dass man hier kein Trinkgeld gibt. Jetzt begreife ich das Desinteresse der Bedienung an den Gästen. Wir bestellen uns ein Taxi und verlassen die "Route de Almadies", der Standort des Lokals, dennoch zufrieden. Auf unserem Schiff gibt's ja noch genug Wein. Denzel und Yani wollen noch bummeln gehen. Paul und Tilly schließen sich an. Ich brauche Ruhe und gehe Richtung Schiff. Bis ich Schritte hinter mir höre. Meine Ahnung trügt nicht, es ist Tilly die mich verfolgt.

„Komm, wir trinken eine Flasche Wein" legt sie fest. Als wir auf dem Schiff sind, zieht sie mich sofort in ihre Kabine.

„Und was ist mit dem Wein?" frage ich gespielt entrüstet.

„Ja, danach," sagt sie lachend und ist schon ohne Kleidung. Naja, man hat ja hier bei den Temperaturen nicht viel an, aber diese Schnelligkeit hätte ich ihr nicht zugetraut. Also rein in die Koje, ich weiß ja was mich erwartet. Dieses Mal ein überlanges Vorspiel. Dann liegt sie keuchend auf dem Rücken und zeigt mir „Komm". Sie liebt, als wäre es das letzte Mal. Eine Wahnsinns Frau.

Was ich nicht ahnte: es ist das letzte Mal.

Am nächsten Morgen liegt ein Zettel im Salon auf dem Tisch: „Vielen Dank für <u>Alles</u>. Eure Tilly." Das Wort Alles ist unterstrichen, das gilt mir, glaube ich. Ein bisschen traurig bin ich schon. Sie ist eine außergewöhnliche Frau. An Deck zu arbeiten wie ein Mann, sich so schnell in eine Gruppe Verrückter einzufügen und diese Fähigkeit zu lieben und das Leben zu genießen, das finde ich einmalig. Noch lange werde ich an dich denken, liebe Tilly. Du hast einem ehemaligen Seemann sehr gutgetan. Bleibe so.

Die Crew war geschockt, vor allem Paul. Er schüttelte immer wieder den Kopf. Warum hat sie nichts gesagt? Warum ging sie ohne Abschied? Wir wissen es nicht, aber ich kann sie verstehen.

An diesem Morgen ist es sehr ruhig am Tisch beim Frühstücken. Dann sprechen wir über den Tag. Paul füllt die Verpflegung auf, Denzel kontrolliert die Technik, die Frauen helfen ihm dabei und ich plane den weiteren Törn.

Als wir am Nachmittag wieder alle zusammen sind, erläutere ich meinen Plan:

Wir sollten nach Süden segeln, bis zum 50ten Breitengrad. Dort, zwischen den Prinz-Eduard-Inseln und Südgeorgien gibt es Meerestiefen um die 250 Meter, wo sonst der Südatlantik 5000 Metertief ist. Wenn es irgendwo noch unbekannte Inseln gibt, dann dort.

Paul springt vor Freude auf, nur ich bin skeptisch, zeige es aber nicht. Es sind fast 4000 Seemeilen zu bewältigen, das bedeutet mehr als ein Monat auf See zu sein. Oder 6000 Meilen bis zum Kap Hoorn. Und wenn wir nichts finden, wäre es wieder ein Monat bis zum nächsten Hafen. Und wir sind nur noch vier. Aber am Ende wollen es alle.

Segeln im Südatlantik

Überglücklich lehne ich mich zurück, mein Traum wird wahr, ich werde diese eine noch unbekannte Insel entdecken. Mein Kindheitstraum wird mir geschenkt. Henk glaubt zwar nicht daran, ich werde es ihm beweisen. Heute habe ich den ganzen Tag Zeit einzukaufen. Das werde ich nutzen. Henk will zur Kathedrale und Denzel begleitet Yani beim Shoppen.

Ich werde reichlich einkaufen, weil ich nicht weiß wie lange wir unterwegs sein werden. Mindestens zwei Monate, hat Henk gesagt.

Der Abend vor dem erneuten Auslaufen, diesmal ohne Tilly, war recht ruhig. Jeder hing so seinen Gedanken nach. Am nächsten Morgen sind wir schon zeitig unterwegs. Wir vier sind ja nun schon gut eingearbeitet. Jeder weiß, welche Leine er zu bedienen hat. Und Henk ist ein guter Skipper. Was soll uns passieren. Ich stehe am Ruder, 180° liegt am Kompass an. Südwärts, immer südwärts. So vergehen die Tage ohne Höhepunkte. Zweimal haben wir Wale gesehen. Auch ein Albatros hat uns einen halben Tag begleitet. Je weiter wir uns von der afrikanischen Küste entfernen, desto unwahrscheinlicher wird eine Begegnung mit einem Schiff.

Am 28.ten Tag sehe ich wieder Albatrosse. Diese größten Vögel der Meere können wochenlang ohne Flügelschlag in der Luft unterwegs sein. Genau wie wir auf dem Wasser, denke ich.

Den 50. Breitengrad haben wir fast erreicht, jetzt heißt es die „flachen" Stellen im Meer zu finden, Augenblicklich ist der Atlantik 3824 Meter tief. Die Lufttemperaturen haben hier gewaltig abgenommen. Es gibt immer mehr graue Tage mit jagenden Wolken. Jeden Morgen suche ich die Kimm ab, keine Insel, kein Schiff, nur wir sind hier draußen. Wie denkt Henk darüber?

Ja lieber Paul, du wirst viel Geduld haben müssen. Kolumbus hat Amerika auch nicht am ersten Tag seiner Reise entdeckt.
Das kann Monate dauern, oder Morgen oder gar nicht.
Am nächsten Morgen passiert es, ein Aufschrei von Denzel. Er hat eine Insel gesehen, leider nur er. Die Crew stürzt an Deck. War es eine Spiegelung oder ein Wolkenbild, langsam sehen wir alle Gespenster. Die Tage verrinnen. Paul habe ich unterschätzt. Einem Professor der nachts vier Stunden Wache geht, allein das Schiff steuert, am Tage Instandhaltungsarbeiten ausführt und noch gute Laune hat, bin ich noch nicht begegnet. Alle Achtung. Wir verstehen uns immer besser.
Die Tage vergehen, das Wetter ist jeden Tag anderes, Schauer wechseln sich mit Sonne ab, wobei am Tage die Temperatur um 8° C liegt und in der Nacht bei -10°C, ungewöhnlich für diese Breitengrade. Normal wäre hier +15°C.
Inzwischen habe ich das Ziel konkretisiert. Wir segeln nach Süden mit 175° am Kompass. In der Nähe der Bouvet Insel, die von Norwegen verwaltet wird, an der maximalen Treibeisgrenze werden wir suchen. Die Wassertiefen liegen dort gewöhnlich zwischen 2000 und 6000 Metern. Aber es gibt auch Gebiete, da sind Tiefen von 250 Metern normal.

Interessant ist das Gebiet um die Position 55°Nord und 015°Ost. Noch etwa eine Woche, dann werden wir diese Position erreichen. Es wird immer kälter. Zum Glück sind im Augenblick hier keine Stürme angesagt, aber was heißt das schon, es kann jeden Tag losgehen.

Denzel und auch Yani haben sich wohl eine Segelreise anders vorgestellt. Die Euphorie ist verflogen. Auch Paul ist leiser geworden, er leidet unter dem ständig wechselnden nasskalten Wetter. Ich habe mein halbes Leben auf See verbracht und bin da etwas stabiler.

Eines Morgens spricht mich Paul an: „Sag´mal, können wir nicht etwas weiter nördlich suchen, da ist es wärmer?"

„Weiter nördlich ist der Atlantik bis 8000 m tief, da gibt es keine Inseln".

„Keine bisher entdeckten" sagt Paul trotzig. Jetzt platzt mir der Kragen, spinnt der vollends. Ich gebe zu, es ist etwas zu laut, als ich ihn anschreie: „Ich mache deine Spinnereien mit, solange es nicht sinnlos oder gefährlich wird. Hast du noch weitere so blöde Ideen?" Eine Weile ist Ruhe. Dann zieht sich Paul beleidigt zurück, nicht ohne noch halblaut zu protestieren: „Das ist meine Expedition, ich weiß, dass es hier unentdeckte Inseln gibt". Woher weiß er das? Die Philosophie ist die Lehre vom Erkennen und Wissen, der Logik, Ethik und Ästhetik, nicht die Lehre vom Wünschen. Ich bin stinksauer.

Und dann noch die Bemerkung: „…meine Expedition." Ohne uns, die Crew, würde er das Schiff gar nicht aus dem Hafen kriegen. Am liebsten würde ich „Securité" funken und mich nach Hause fliegen lassen.

Als meine Erregung etwas abgeklungen ist, steure ich weiter auf das Gebiet mit der geringen Wassertiefe zu. Paul sehe ich erst beim Abendessen. Er würdigt mich keines Blickes.

Da ich den ganzen Tag gesteuert habe, teile ich ihn für die Nachwache ein. Das sieht er als Schikane.

Deutlich angefressen sagt er in meine Richtung: „Auch wenn du die Insel als erster siehst, wird sie meinen Namen bekommen."

Wenn er keine anderen Sorgen hat, denke ich belustigt.

Seit zwei Tagen ist es sehr ruhig an Bord. Es ist nebelig. Bis hierher kommen Eisberge selten, trotzdem ist erhöhte Aufmerksamkeit geboten. Plötzlich kommt Yani mit einem kleinen Vogel in der hohlen Hand, einer Seeschwalbe ähnlich. „Der saß auf dem eingerollten Segel," berichtet sie aufgeregt. Solche Vögel gibt es auf dem offenen Meer nicht, denke ich. Auf dem Eis sicher auch nicht. Da hinten ist wieder so ein Schatten, vielleicht eine Wolke. Nein, es sind Eisberge. Ich lasse die Segel bergen und fahre langsam mit Maschine. Nach etwa zehn Stunden sind wir von Eisbergen umringt, wie kommen die hierher.

Das ist ungewöhnlich, soweit nördlich kommen eigentlich nur einzelne driftende Eisberge vor.

Stimmt etwa meine Positionsberechnung nicht?

Sie stimmt tatsächlich nicht, ich habe mich auf das Log verlassen und mit einer geringeren Geschwindigkeit gerechnet. Eine starke Strömung muss uns nach Süden getrieben haben. Und nun erkennen wir auch, dass die von weiten gesehenen Eisbergen keine sind, es ist antarktisches Festland. Unglaublich, das erklärt auch die tiefen Temperaturen.

„Das kann jedem passieren," tröstet mich Paul. Nanu, vor ein paar Tagen haben wir uns noch gezofft. Mir solls recht sein. Am Nachmittag erkunde ich die Gegend. Von oben habe ich einen guten Überblick.

Durch eine Lücke finden wir wieder offenes Wasser, die Sichtweite beträgt jetzt etwa 2 Seemeilen. Nochmal überprüfe ich mit Denzel die Berechnungen der letzten Woche. Dann ändern wir den Kurs auf Nordost. Und tatsächlich, ein paar Tage später steigen die Temperaturen wieder leicht an.

Abende später tauchen seltsame Wolken auf, ein arg zerrissener Wirbel. Das sieht nicht gut aus, denke ich, es wird Sturm geben. Die anderen drei schauen mich an, warten auf eine Erklärung. Im Handbuch zeigt das Bild einen Hurrikan. Ich wende mich an Paul: „Das Wolkenbild zeigt einen sich nähenden Hurrikan, das ist in dieser Gegend außergewöhnlich selten. Ich hoffe, seine Bahn geht an uns vorbei und streift uns nur. Wenn nicht, haben wir ein Problem.

Ich rufe die Crew zusammen: „Das Wolkenbild lässt auf einen sich nähernden Hurrikan schließen. Das Wasser ist hier wärmer als die Luft. Diese wird in den untersten Schichten erwärmt, sodass die Luftschichtung labil wird.

Es bilden sich Gewitter um das Tiefzentrum und es entsteht ein Hurrikan. Die mittlere Windgeschwindigkeit liegt bei 140 km/h.

„Und was heißt das für uns?" unterbricht mich Paul.

„Das bedeutet vor allem" sage ich „dass wir alle in einem Boot sitzen und alle Meinungsverschiedenheiten vergessen sollten. Wir können nicht davonlaufen, wir müssen mit Minimalbeseglung das Schiff stabil halten. Wie lange es dauert, kann niemand sagen. Der Hurrikan zieht nach Westen zur brasilianischen Küste. Zieht euch warm an, auch die Rettungswesten, Denzel kocht Tee und Yani macht Kaltverpflegung für vier Tage. Dann sollten wir gerüstet sein. Wenn etwas passiert, zusammenbleiben, wir haben eine Rettungsinsel und ein großes Schlauchboot." Die drei sind ganz schön blass geworden, damit haben sie nicht gerechnet.

Als es dunkel wird, kommen die ersten heftigen Böen. Wir versammeln uns alle im Cockpit und sichern uns mit Leinen.

Dann geht es los, erst heftige Regenschauer und Blitze, dann der Wind. Ich bringe einen Treibanker aus und wir treiben vor den immer höher werdenden Wellen. Das ist kein Schwerwettersegeln, das ist ein Höllenritt. Yani klammert sich ängstlich an Denzel, der auch nicht sehr glücklich aussieht.

Ich versuche einigermaßen in Windrichtung zu bleiben. So geht es mehrere Stunden. Mitternacht ist lange vorbei, da geschieht das Furchtbare: eine unglaublich hohe Welle baut sich auf, bricht über unserem Heck und überflutet das Cockpit. Das Schiff bekommt Schlagseite, die sich langsam verstärkt. Ich warte noch eine halbe Stunde, wir müssen uns auf das Verlassen der Yacht vorbereiten.

Paul ist entsetzt: sein Schiff den Fluten überlassen? Aber es geht nicht anders. Ich versuche Funkkontakt zu bekommen, aber totale Ruhe auf allen Kanälen. Also bereiten wir das Aussteigen vor. Alle nautischen Geräte, soweit sie tragbar sind, kommen ins Schlauchboot. Dazu Wasser, der Tee und die Verpflegung. Schon die nächste Welle kann das Schiff zum Kentern bringen. Das eingedrungene Wasser macht es immer schwerer. Am Himmel erscheint ein schwacher Lichtstreif, der Morgen dämmert. Plötzlich lässt der Wind nach, nur noch hohe Dünung. Wir begeben uns ins Schlauchboot und packen in die Rettungsinsel, was uns sinnvoll erscheint. Aber das Schiff geht nicht unter, es treibt in bedrohlicher Schräglage in den Wellen. Und es wird wieder wärmer. Der erste Schock ist vorbei, wir driften. Wie lange, kann hinterher keiner sagen. Wie leblos hängen wir am nächsten Morgen auf den Bordwülsten des Schlauchbootes.

Die ersten Strahlen der aufgehenden Sonne beleuchten das Caos. Die Sonne löst unsere Erstarrung. Ich reibe mir die Augen, das Bild bleibt. Vor uns liegt eine grüne Insel, wir treiben genau darauf zu.

Hier gibt es doch keine Inseln, denke ich noch verwundert. Auch die Seekarte zeigt keine. Aber auch Inseln die es nicht gibt, sind uns jetzt sehr willkommen.

Das Schiff wird stranden, das ist unausweichlich. Zum Glück, denke ich noch, da schrammt der Kiel schon das erste Mal über etwas Weiches wie Sand. Mehrere Male noch heben die Wellen das Schiff höher hinauf. Dann liegt es fest.

Unser Schlauchboot samt Rettungsinsel treibt auf das felsige Ufer zu. Wir klettern hinauf und sinken in den Sand. Geschafft. Paul liegt leblos an einen eigenartig geformten Sandhügel gelehnt. Seine Augen suchen mich, dann ruft er: „Ich hab´s gewusst, die Slitear Insel."

Die Slitear Insel

Eine Insel, wo lt. Henk und Seekarte gar keine sein kann?! Meine Insel, ich hab´ es gewusst, oder doch eher ersehnt. Möglicherweise hat uns diese Insel das Leben gerettet, denke ich so und blicke auf die apathisch zwischen den Felsen liegende Crew

Bei genauerem Hinsehen sind das keine Felsen, das sind eigenartig geformte Gebilde aus getrocknetem Sand oder Schlamm. Als erster rafft sich Henk auf.

„Wir sollten versuchen, das Schiff zu sichern. Wenn wir es schon nicht ins Wasser kriegen, soll es wenigstens bei der nächsten hohen Flut nicht davon treiben. Das Wasser muss ausgeschöpft werden und im Salon sieht es grausam aus, alles liegt nass durcheinander, tut was."

„Warum machen wir das?" fragt Denzel. „Hier findet uns doch keiner". Ich höre noch wie Henk ihm antwortet: „Eben deshalb." Dann stürze ich zwischen Geschirr und nasse Polster. Als ich mich erhole, sind die andern schon beim Einräumen. Ich kann einfach nicht.

„Erkunde die Gegend" sagt Henk zu mir. Also laufe ich los. Oben auf dem kleinen Hügel habe ich eine wunderbare Aussicht. Die Insel scheint größer zu sein als ich dachte und nirgends Spuren von Menschen.

Die gegenüber liegende Seite der Bucht sieht völlig anders aus. Ein paar hundert Meter wage ich mich ins Innere der Insel. Weite urwaldartige Flächen bereiten sich vor mir aus. Große bunte Vögel die nicht wegfliegen, sitzen auf den Ästen.

Plötzlich komme ein Tier aus dem Unterholz, ein Schwein, ohne die typische Schweineschnauze und etwas kleiner mit einem fast runden Kopf. Das alles werden wir in einer späteren Erkundung einordnen. Ich mache mich auf den Rückweg. Teils finde ich große Sandflächen und teils feucht sumpfige Gebiete. Mittendrin eine Wasserfläche mit einer kleinen Insel.

Die Vegetation wechselt ständig. Eine seltsame Mischung von sandigen Böden und moorigem Gebiet bietet sich meinen Augen.

Plötzlich lichtet sich der Wald und ich sehe einen Strand, der wieder ganz anders aussieht. Das muss ich unbedingt mit Henk besprechen. Auf so einer relativ kleinen Insel verschiedene Vegetationszonen zu finden, ist ungewöhnlich, fast paradiesisch.

Henk hat uns heute gefragt, was wir von seinem Plan halten, eine Hütte an Land zu bauen. Sollte mal ein wirklich extremer Hurrikan auftreten, könnte er unserem sowieso schon kaputten Schiff den Rest geben. Anschließend schlägt er vor, die ganze Insel zu erkunden, vielleicht waren schon mal Menschen auf dieser Insel und haben eine Hütte oder etwas anderes hinterlassen, sagt er.

Ich glaube das nicht. Eher sind wir doch die ersten, die diese Insel, wenn auch unfreiwillig, betreten haben. Dafür spricht auch, dass Henk sie auf keiner Seekarte findet. Denzel und Yani ist das alles egal, sie wollen nur weg von hier.

Henk sieht das anders, er sagt: „Wir haben sehr viel Glück gehabt, das wir noch leben. Diese Insel ist groß genug uns zu ernähren. Wir werden Bäume fällen, das Wort HELP und unsere Koordinaten hinein schnitzen. Viele Bäume werden wir ins Wasser werfen. Jemand muss sie finden und uns hier wegholen. Bis dahin ist die Insel unsere Rettung, unser Paradies."

Auch Denzel erwacht plötzlich aus seiner Lethargie: „Ich will mit Yani auf der Insel nach Essbarem suchen. Auch die Jagd auf die von Paul gesichteten Tiere traue ich mir zu." Und ich, was kann ich beitragen. „Ich werde die Lebensmittel, die wir noch auf dem Schiff haben, sicher an Land holen. Auch die gefundenen und erjagten verwalten, damit wir immer einen Überblick haben."

„Ja, das ist gut" sagt Henk.

Am dritten Tag auf der Insel beginnt es zu regnen. Wir spannen die Segel zwischen die Bäume und fangen das Wasser in Kanistern auf. Wenn wir Glück haben, ist auch das Wasser in den Tümpeln auf der Insel trinkbar.

Henk überprüft nochmal die Koordinaten und stellt fest, dass wir beinahe falsche Werte auf den Bäumen hinterlassen hätten. Zwölf Bäume sind schon gefällt und die neuen Koordinaten müssen mit einem scharfen Meißel nochmal eingeschlagen werden.

Henk trägt auch den höchsten Sonnenstand ein, um aus den nautischen Tafeln die Zeit und den Tag zu berechnen. Wir sind jetzt schon elf Tage hier. Morgen gehen wir das erste Mal ans andere Ende der Insel.

Es wird ein ungewöhnlicher Tag. Durch den Urwald schlagen wir uns einen Weg, den seltsame Bäume säumen. Als ich den anderen den Weiher mit der kleinen Insel zeigen will, ist da kein Wasser mehr. Alles trocken, innerhalb von zwei Tagen? Nach einer reichlichen Stunde lichtete sich das Gehölz, wir sehen eine Bucht mit breitem Strand. Als wir auf der anderen Seite der Bucht ankommen, ist da kein Strand mehr, das Wasser hat die Waldgrenze erreicht.

Viele seltsame Dinge passieren hier.

„Kommt mal her, hier ist eine Feuerstelle" ruft Yani. Und tatsächlich, eine alte Feuerstelle. Wir sind also doch nicht die Ersten auf dieser Insel.

„Aber warum ist sie dann in keiner Karte eingetragen?" fragt Henk. „Für heute reicht es, wir gehen zurück"

Er geht in die falsche Richtung, denke ich.

„Henk, wir müssen in die andere Richtung" sage ich. Doch Henk widerspricht: „Heute früh sind wir nach Osten gegangen, dann müssen wir jetzt auf dem Rückweg nach Westen."

„Ja, das ist logisch. Aber Westen ist in dieser Richtung."

„Nein, da ist Osten, sagt mein Kompass" behauptet Henk. Da stimmt was nicht, vielleicht ist sein Kompass defekt. Heute Abend werden wir es wissen, die Sonne geht immer noch im Westen unter, sie lässt sich nicht überlisten.

Aber jetzt gehen wir erstmal nach dem Kompass. Nach einiger Zeit stelle ich fest, dass wir den Weg, den wir heute früh gegangen sind, nicht wiederfinden. Dafür stehen wir nach drei Stunden vor einer völlig unbekannten Küste. Also zurück, immer am Strand entlang.

Aber wo ist zurück? Mal laufen wir auf einem Sandstrand, mal klettern wir über Felsen, dann wieder undurchdringlicher Wald. Plötzlich öffnet sich das Grün und vor uns liegt der Weiher, nicht mehr trocken, gut mit Wasser gefüllt. Aber wir haben ihn doch am Morgen ausgetrocknet gesehen?! Wie kann das sein? Als wir unsere Hütte erreichen, sagt Henk verblüfft: „Ihr hattet Recht, der Kompass ist kaputt. Die Sonne geht im Süden unter. Aber wir können uns trotzdem danach richten, dann geht sie eben im Norden auf.

Wir brauchen nur 30° abzuziehen."

Wir sitzen nach Sonnenuntergang vor der halbfertigen Hütte und gönnen uns zwei Flaschen von unserem geretteten Wein. Die Stimmung ist gut.

Denzel bäckt Fladen über offenem Feuer. Wie lange werden wir hier aushalten müssen, die Frage beschäftigt uns sehr. Ein halbes Jahr oder mehrere Jahre?

Henk erzählt uns aus seiner Fahrenszeit von Schiffs-untergängen, die er beobachtet hat und wir sind froh über unser Schicksal. Die Nacht bricht herein und es ist immer noch angenehm warm.

Hinter der Hütte haben es sich Yani und Denzel bequem gemacht. Als ich ein Schnaufen höre, denke ich zuerst an das komische Tier, das ich beim ersten Erkundungs-gang gesehen habe. Aber als das Schnaufen in leises Stöhnen übergeht, spielt meine Fantasie verrückt. Das klingt sehr nach gutem Sex, ja warum nicht. Die beiden kennen sich ja schon länger und werden das nicht das erste Mal tun. Als Yani zwei hohe spitze Schreie ausstößt, wird mir doch heiß. Die anderen werden das auch gehört haben, aber sie stellen sich genau wie ich taub.

Ich denke an Tilly, wenn sie jetzt hier wäre, würden wir das Gleiche tun. Mit einem guten Gefühl schlafe ich ein.

Am nächsten Morgen geht die Sonne tatsächlich nicht an der erwarteten Stelle auf. Aber was total irre ist, sie taucht nicht links hinter uns aus dem Meer wie am Tag unserer Ankunft, sondern rechts neben uns. Die Sonne kann doch nicht ihre Bahn geändert haben!

Und unsere Insel kann sich nicht gedreht haben. Wir sitzen zusammen und finden keine Lösung für dieses Rätsel. Ob die Erde doch eine Scheibe ist, die sich dreht?

Jetzt fange ich auch schon an zu spinnen. Am besten wir beachten das gar nicht und kümmern uns um unser Überleben auf dieser Insel. Noch sind zwar genügend Lebensmittel für ca. ein Jahr vorhanden, aber zur Sicherheit wollen wir die Vorräte durch Frischfleisch ergänzen. Denzel hat zwei lange Küchenmesser mit kräftiger Angelsehne an Stangen befestigt. Er will morgen mit Henk in den Wald gehen, um etwas Essbares zu jagen. Ach ja, Yani hat gefragt, ob es Sinn macht, hier zu angeln. Sie will mal einen Versuch starten. Gar nicht schlecht, die Idee, hätte ich auch draufkommen können. Nach dem Essen sitzen wir noch eine Weile zusammen, reden aber nicht über die mysteriösen Begebenheiten. Das wird sich schon aufklären, denke ich. Die Sonne scheint durch das Dach und weckt uns. „Was ist wenn ein Gewitter kommt?" frage ich laut. „Dann werden wir nass" sagt Henk.

Aber er setzt hinzu: „Wir können ja das Dach mit mehreren Lagen von großblättrigem Laub abdecken." Unsere Hütte ist aus Treibholz und Ästen aus dem Wald gebaut, sie ist noch nicht fertig, aber das Dach wird uns schon schützen.

Wir tun es an diesem Tag und verschieben die Jagd. Am frühen Nachmittag sind wir fertig und betrachten stolz unser Werk, es sieht vertrauenerweckend aus. Der nächste Regen kann kommen.

So langsam haben wir uns an dieses Leben gewöhnt. Als Henk mittags mit Denzel zurückkommt, tragen sie triumphierend ein erlegtes Tier an die Feuerstelle. Es sieht ein wenig einem Wildschwein ähnlich, ist aber keins. Die nächsten Tage werden fette Tage.

Es tut gut, nach einem halben Jahr wiedermal Gebratenes zu essen. Wir sind in Hochstimmung. Zwei Tage machen wir gar nichts, nur essen, Wein trinken und schlafen. Dann macht sich Henk nochmal auf den Weg zum anderen Ende der Insel.

Unerwartete Begegnung

Perfektes Wetter, denke ich, nicht zu warm und windstill. Stellenweise muss ich meinen Weg mit dem Beil freischlagen. Das strengt ganz schön an. Auf einer kleinen Lichtung sehe ich etwas, das aussieht wie Kartoffelkraut. Wenn wir hier nicht wegkommen, können wir im Herbst vielleicht Kartoffeln ernten. Um etwas auszuruhen, lege ich mich am Rand der Lichtung ins Gras. Plötzlich sehe ich ganz in der Nähe einen Vogel. Der sieht genauso aus wie der, den Yani vor dem Sturm auf dem Schiff gefunden hat.

Etwas raschelt in den Büschen. Als ich mich erhebe und lausche, ist wieder Ruhe. Auf dem weiteren Weg bin ich hellhörig. Plötzlich hinter mir ein lautes trockenes Knacken.
Das muss ein größeres Tier sein. Mein Jagdmesser hole ich zur Vorsicht aus dem Rucksack und stehe eine Weile still.

Plötzlich zucke ich zusammen, über mir ist ein Prasseln und Knacken, etwas fällt auf mich, ein Korb aus biegsamen Zweigen, mindestens zwei Meter im Durchmesser und etwas mehr in der Höhe.
Ein Gesicht sieht durch das Geflecht. Und noch eins. Ich höre mir völlig unbekannte Laute. Aber es sind Menschen wie ich auch. Erleichterung bricht sich Bahn. Es prasselt nochmal und von oben springt ein Mensch auf den Korb. Auch er äugt ängstlich durch die geflochtenen Zweige. Es ist eine Frau.

Ihre Kleidung ist zerrissen und abgetragen, wie bei den anderen auch. Wo kommen diese Gestalten plötzlich her? Ich schaue sie mir genauer an, es sind zwei Frauen und ein Mann.

Eine Weile scheinen sie zu beraten, sich zu streiten. Ich merke, dass sie unentschlossen sind, nicht wissen, was sie mit mir machen sollen. Ob ich vielleicht eine Gefahr darstelle? Abwartende Stille, sie beäugen mich nochmal intensiv wie einen seltenen Käfer. Da ich mit meinem Jagdmesser gegen drei sowieso nichts ausrichten kann, werfe ich es durch die Maschen auf den Waldboden. Das scheint die Diskussion zu beenden. Die jüngere Frau, die auf den Korb gesprungen ist, scheint das Sagen zu haben, ein paar energische Worte und der Mann zieht den Korb etwas in die Höhe. Unter dem Rand krieche ich durch. Ich versuche Kontakt zu bekommen, mit holländisch, spanisch und englisch. Bei letzterem sagt die offensichtlich als Anführerin fungierende Frau: „Ok".
Nur dieses Wort. Dann ist es wieder still, Ich merke, sie sucht nach Worten.
Also rede ich: „Where you come from?" Woher kommt ihr?
„ Ship sunk" und nach einer Pause sagt sie stockend „five years ago".
Unglaublich, ihr Schiff ist gesunken. Dann sind die drei ja schon fünf Jahre auf dieser Insel?!
Sie zeigt auf mich und mit ausholender Gebärde auf die Insel. Jetzt muss ich Auskunft geben.
„I come from the other side, ship also sunk, twenty weeks ago", sage ich und ich bin sicher, sie versteht alles.

Nach kurzer Beratung zeigt sie die Richtung an und wir setzen uns in Bewegung. Etwa zwei Stunden später öffnet sich die Landschaft zum Meer. Vor mir liegt eine Küste mit Sandstrand und einigen großen Felsbrocken in der Bucht. Da wo der Strand in den Wald übergeht steht eine Hütte aus alten verwitterten Brettern, so als steht sie schon viele Jahre hier. Als ich meinen Blick zur anderen Seite wende, erstarre ich: Ein geborstenes Segelschiff.

Das Heck liegt im hinteren Teil der Bucht, abgebrochen und weggetrieben. Das Schiff selber liegt vor mir, gestrandet und in fünf Jahren von Wind und Wellen zerschlagen. Ich bin erschüttert, obwohl unser eigenes Schicksal ja ähnlich verlief.

Die Fremden haben wohl Vertrauen zu mir gefasst. Sie zeigen mir ihre Hütte. Gegenüber unserer ist sie komfortabel eingerichtet, das Inventar stammt vom gestrandeten Schiff.

„My name is Anele" sagt die jüngere Frau. Und sie sagt mir auch, dass ihr Schiff aus Südafrika gekommen ist. Sie ist eine Zulu, wo sie geboren wurde, spricht man Africaans, eine Sprache aus dem niederländischen. Sie wohnte und arbeitete zuletzt im englischsprechenden Teil von Südafrika. Die anderen beiden sprechen ein gutes Englisch. Ich sage ihnen, dass ich froh bin, dass ich und meine Crew nicht die einzigen auf dieser Insel sind und dass wir uns verständigen können. Dann berichte ich noch von Denzel, Yani und Paul.

„Bleib hier, es wird dunkel, morgen früh kommen wir mit zu deinen Leuten" sagt Anele.
Etwas mulmig ist mir schon, nach wenigen Stunden bei diesen mir noch fremden Menschen zu übernachten. Aber dann sage ich zu, bekomme eine Schlafstatt in der Hütte zugewiesen und falle in einen tiefen traumlosen Schlaf.

Am Morgen brauche ich erstmal Zeit, mich zurecht zu finden. Anele hilft mir, mich zu erinnern. Was mir zum Essen angeboten wird, ist ein Brei aus gekochten Wurzeln und Früchten, schmeckt mir besser als es aussieht.
Dann stellen sich die beiden anderen vor, Bruder und Schwester aus Ägypten. Er heißt Aaron und sie Chavi.
„Sie freuen sich, dich gefunden zu haben" sagt Anele.
„....Gefunden..." denke ich, wohl eher gefangen. Wie auch immer, wir ziehen los in der Hoffnung, meine Hütte wieder zu finden.

Was gestern Abend geschah

Es wurde später Nachmittag und Henk war noch nicht zurück. Wir warteten mit dem Abendessen, aber Henk war auch bei Anbruch der Dunkelheit nicht zurück. Denzel und vor allem Yani beruhigten mich, Henk findet schon zurück, der kennt sich mit Sternbildern aus und kann sich orientieren. Wir saßen am Feuer bis Mitternacht und malten uns böse Szenarien aus. Unbekannte wilde Tiere, Felsspalten und Sümpfe konnten ihm gefährlich werden. Aber was sollten wir machen? Auch noch loszulaufen in der Nacht bringt nichts. Am Morgen wollten wir ihn suchen.

Ein neuer Tag. Wir sitzen beim Frühstück, als etwas Furchtbares passiert. Zuerst hören wir ein Grollen, es liegt in der Luft wie das Brummen eines riesengroßen Bären. Dann plötzlich ein Erdbeben.

Nein, die Erde bebt nicht, sie schaukelt, die Insel schaukelt. Und das Grauen hört nicht auf: Wir sehen eine Flutwelle.

Sie rast nicht auf uns zu, sie rast mit einem grauenvollen Rauschen rechtwinkelig am Strand entlang. Die unerklärlichen Geschehnisse machen uns Angst und handlungsunfähig. Was geschieht hier?

Denzel fasst sich als erster wieder.
„Wir warten noch eine Stunde um zu sehen, ob sich das alles wiederholt. Dann sind es zwei Stunden nach Sonnenaufgang und Henk müsste schon zurück sein. Wenn nicht gehen wir los."

Alles Mögliche schießt mir durch den Kopf, aber schaukeln kann nur etwas, was schwimmt. Auf festem Boden sind diese Bewegungen der Erde unmöglich. Sind wir auf einer schwimmenden Insel? Diese Erkenntnis trifft mich hart. Dann gibt es also meine unentdeckte Insel gar nicht?

Noch während ich entsetzt über meine Erkenntnis nachdenke, tritt aus dem Wald eine Gruppe Menschen. Unter ihnen sehe ich Henk. Nun ist alles verloren, wir sind nicht mal die ersten. Meine Jugendträume zerfließen in diesem Moment. Schlimmer kann es nicht kommen. Das wars wohl. Sieht Henk das genauso?

Was ist denn mit Paul los, er sitzt auf dem Boden und ist aschgrau im Gesicht. So habe ich ihn noch nie gesehen. Unterwegs ist etwas Seltsames passiert, ich bin noch immer verwirrt und mitgenommen von dem Erlebten und freue mich, wieder bei meiner Crew zu sein. „Habt ihr das auch bemerkt, dieses Schaukeln?" frage ich aufgeregt. „Ja, wir sind noch völlig entsetzt über das Erlebte. Und jetzt kommst du mit den Fremden. Wir glaubten doch, dass die Insel unbewohnt ist.

Aber viel mehr beschäftigt mich eine andere Frage: Können wir diesen Menschen vertrauen, die mich „gefangen" haben? Sie sind fremd, wir können uns zwar verständigen, aber was haben sie zu ihrer Rettung in den letzten fünf Jahren unternommen? Diese Fragen beschäftigen mich.

Paul ist nicht ansprechbar, Denzel schaut mich fragend an und Yani schreibt wie immer an ihren Notizen. Wenn das keine Story wird! Natürlich nur, wenn wir überleben.

Zuerst berichte ich, was ich erlebt habe und stelle meiner Crew Anele, Aaron und Chavi vor. Fragen prasseln auf mich ein: Was sind das für Leute? Was bedeutet die Flutwelle und das eigenartige Schaukeln??

Ich berate mich mit Anele, sie ist schon lange auf der Insel und müsste etwas wissen. Anele erklärt mir, dass sie vor drei Jahren genauso erstaunt waren wie wir. Es war das erste Mal, dass ein Stück der Insel abgebrochen und ins Meer gestürzt ist, später sind noch zweimal mittelgroße Teile ins Meer gestürzt. Jedes Mal dieses Schaukeln, als ob die Insel hochgehoben und wieder abgesenkt wird, und eine große Welle. Wir sollten alle Beobachtungen der anderen Gruppe auswerten und gemeinsam einen Weg zur Rettung finden. Wenn die anderen schon fünf Jahre hier ausharren mussten, dann heißt Rettung bestimmt nicht warten, sondern eher einen Weg finden, die Insel aus eigener Kraft zu verlassen. Noch eine ganze Weile stehen wir auf der Lichtung in Sichtweite des Meeres und reden: Wer bist du, wo kommst du her usw.

Denzel De Vries kommt auf die Idee, es mit holländisch zu versuchen. Und siehe da, Aaron spricht Africaans, dem holländischen ähnlich. Erfreut unterhalten sie sich.

Und so wird es Mittag. Als ich die Gruppe einlade, mit uns zu essen, ist Denzel sofort am Herd. Anele freut sich, mal wieder etwas anderes zu essen, wir haben ja noch ausreichend Schiffsverpflegung.
Am Nachmittag sitzen wir zusammen auf dem Waldboden und beraten. „Verursacht die Bewegung der Insel die Welle?" fragt Yani.

„Woher zum Teufel kommt dieses Auf und Ab?" wundert sich Paul. „Ein Erdbeben?"

„Nein," sagt Denzel, „wohl eher ein Vorbote eines unterseeischen Vulkanausbruchs."

„Oder ein Erdrutsch?" meldet sich Paul.

„Hier sind doch keine Berge, nur ein paar Hügel," sagt Anele. Jetzt kommt mir ein Gedanke: „Danke Anele, du hast mich vielleicht auf die Lösung des Rätsels gebracht." Anele senkt den Blick, als ich sie anschaue und lächelt. So ein kleines Lob macht sie verlegen? wundere ich mich.

Und weiter: „Natürlich ist es eine Art Erdrutsch, die Insel bricht nach und nach auseinander. Immer wieder mal bricht ein Stück ab und stürzt ins Meer." Erschrockene Pause. Auch ich überdenke das Gesagte, finde keine Lösung. Einiges passt hier nicht zusammen.

Am Abend sitzen wir um unser Lagerfeuer und sprechen nochmal über das Erlebte. „Ich habe tatsächlich noch ein paar Kisten Bier gefunden," verkündet Denzel freudig. Die Freude aller ist groß. „Können wir aus den Resten unseres Schiffes ein Floß bauen?" fragt Anele. Eifrig erzählt sie mir, dass sie auch noch Seile haben und die Segel ihres Schiffes. Sie rückt immer näher, im Eifer drückt sie meinen Arm. Dann zieht sie sich plötzlich wieder erschrocken zurück. Sie hat ja fünf Jahre nicht mit einem fremden Mann gesprochen, wird mir klar. „Was meinst du, könnten wir gemeinsam so etwas machen?"

Freudig stimmt sie mir zu, diese Jahre sind eine lange Zeit und die Aussicht hier wegzukommen, beflügelt ihre Phantasie.

Zum ersten Mal sehe ich mir diesen Menschen Anele genauer an und bin überrascht. Jetzt sehe ich sie als Frau, dunkle, kupfern leuchtende Samthaut, große, dunkle, immer lächelnde Augen, feingliedrige Hände und kräftige Schenkel. So betrachtet nur ein Mann eine Frau. Ich denke an Tilly und mir wird heiß. Jetzt nur nicht schwach werden, wir haben lebenswichtige Entscheidungen zu treffen. Dass wir noch am Lagerfeuer sitzen, habe ich völlig vergessen. Wir beide beteiligen uns noch an den Gesprächen der anderen bis weit nach Mitternacht. Es ist eine warme Nacht und einer nach dem anderen sinkt am Feuer in den Schlaf.

Ein neuer Morgen, es ist unser 192. auf der Insel, weckt uns. Im Schlaf hatte ich eine Eingebung, die ich noch für mich behalte. Wir frühstücken zusammen und begutachten dann gemeinsam unser Schiff. Chavi fragt, ob man es nicht gemeinsam ins Wasser schieben könnte.

„Das Schiff wiegt 80 Tonnen, das kann man nicht bewegen" sage ich ihr. Die Enttäuschung ist ihr anzumerken. Sie zieht sich wieder neben Paul zurück, der seit gestern nicht mehr gesprochen hat. Ich kann seine Enttäuschung über das verlorene Paradies durchaus verstehen, eine nicht in der Karte verzeichnete Insel zu entdecken und dann nicht der erste zu sein, ist furchtbar für ihn.

„Paul, warum bewegt sich die Insel so seltsam," frage ich und ärgre mich gleichzeitig über die Frage. Wie soll er das wissen? Doch Paul antwortet: „Weil sie schwimmt. Wenn du vom Schlauchboot springst, schaukelt das Boot. Du bist der Erdrutsch."

Eine Insel die schwimmt ist keine Insel, denke ich und schüttle meinen Kopf.

Plötzlich springe ich hoch und schreie, so laut ich kann, er hat recht. Deshalb habe ich jedes Mal andere Positionen, die Insel treibt. Deshalb habe ich die Sonne mal im Süden, mal im Norden, die Insel dreht sich. Meine nautischen Instrumente sind nicht kaputt. Es ist der helle Wahnsinn, ich habe noch nie gehört, dass eine Insel schwimmen kann.

Es dauerte an diesem Tag lange, bis ich mich wieder beruhigt hatte. Warum bin ich nicht früher darauf gekommen. Naja, ich bin ja auch noch nie gestrandet.

Können Inseln sinken?

Die Erkenntnis hat Auswirkungen auf uns alle. Erst nach und nach begreifen wir, was das bedeutet: eine schwimmende Fläche im Ozean, die den Stürmen ausgesetzt ist und von Zeit zu Zeit bröckelt, bis nichts mehr von ihr vorhanden ist. Keine guten Aussichten.

Paul ist sowieso am Boden zerstört, die anderen bekommen jetzt, da klar wurde wie ernst die Lage ist, Panik. „Wir müssen dringend etwas tun" klagte Denzel, als ob wir davor nichts getan hätten.

Nur Yani schreibt weiter an ihrer Reportage. „Wenn wir ersaufen, war's umsonst" -richtig beobachtet, denke ich- „Wenn nicht, habe ich eine unschlagbare Story," sagt sie. Und was denke ich?

Hatte doch neulich im Traum eine Eingebung. Unsere Yacht betreffend. „Hört mal zu, Leute. Unsere Yacht könnte uns retten. Wenn wir alle daran arbeiten, können wir es schaffen, die Yacht innerhalb eines halben oder eines Jahres wieder ins Wasser zu bekommen."

„Wie soll das gehen? Du hast selbst gesagt, sie ist zu schwer," meldet sich Paul. „Allein schaffen wir das nicht, aber mit den Leuten vom anderen gestrandeten Schiff könnten wir das schaffen." „Du willst uns nur Mut machen, ich kann mir das nicht vorstellen" sagt Denzel enttäuscht.

„Es ist unsere Chance, ich glaube daran, was Henk sagt"
höre ich hinter mir Anele. Nanu, sie kennt mich doch gar nicht, oder gerade mal 24 Stunden. Als ich zu ihr hinüberschaue, sehe ich wieder dieses vertraute Lächeln. Sie nickt mir zu, also spreche ich.

„Wie das gehen soll, wollt ihr wissen. Zuerst mal ist es ein Versuch ohne jede Garantie, dass es klappt. Aber wir haben keine Wahl. Ihr habt auch gesehen, dass jeden Tag zweimal die Flut kommt und den Strand überspült. Wenn das Wasser zurückfließt nimmt es Sand und Steine mit. Wenn wir nun zu beiden Seiten des Schiffes einen Graben machen, entsteht in diesen Gräben ein kleiner Strudel, ein Sog, der Sand mit ins Meer spült. Wir müssen also die Gräben immer tiefer treiben, dem abfließenden Wasser helfen, immer größer zu werden damit es immer mehr Sand mit ins Meer nimmt. Gleichzeitig müssen wir vor dem Schiff einen Graben buddeln. Und das immer, wenn die Ebbe beginnt, egal ob morgens nachmittags oder nachts. Es wird ein schwieriges Unterfangen, aber wenn ihr wollt, schaffen wir das. Es gibt aber keine Garantie, dass der nächste Abbruch der Insel nicht der letzte für uns ist."
Eine ganze Weile ist Stille.

Aber meine Rede scheint sie aufgerüttelt und den Funken Hoffnung entfacht zu haben.
Plötzlich schreien alle durch einander, liegen sich in den Armen.
Wir wollen das schaffen, wir machen das, höre ich immer wieder.

Anele lässt ihre Leute Holzplanken von dem Wrack herbringen, um unsere Hütte für sieben Personen auszubauen. Wie es aussieht, sind wir beiden diejenigen, die die Gruppe zusammenhalten und koordinieren. Dazu kommt noch, dass sie mir sehr sympathisch ist. Das ich ihr nicht gleichgültig bin, zeigt sie offen. Ich denke, da geht was.

Da Aaron mit seiner Schwester Chavi und Denzel mit Yani jeweils eine Schlafstelle belegen, hat sich Anele für mich entschieden. Als das klar ist, merke ich, dass sie den Abend kaum erwarten kann. Ich natürlich auch nicht.

Wir bauen unser Lager unter dem Vordach an der hinteren Wand der Hütte. Anele schleppt eine Breite Matratze, sicher aus einer Doppelkabine ihrer gestrandeten Yacht durch den Wald, bis zu unserem Lager. Das soll sie nicht umsonst gemacht haben, gebe ich ihr zu verstehen. Sie lacht glucksend und rennt davon.

Dann trifft Aron ein, er trägt nicht nur eine Holzplanke, sondern auch eine Menge getrocknetes Fleisch. Das wird ein schöner Abend, der Auftakt für die morgige gemeinsame Arbeit am Strand. Bald sitzen alle am Lagerfeuer.

Die Gedanken an diesen großen schwimmenden Haufen von Holz und Steinen, der jeden Augenblick bersten kann, lassen mich nicht los.

Ja, was ist dann? Natürlich haben wir genügend Rettungswesten. Aber was hilft uns das? Wir treiben im Meer, bis wir verdurstet sind. Keine schönen Aussichten.

Um die düsteren Gedanken zu verscheuchen, nehme ich Anele in den Arm, ziehe sie an mich. Ich halte sie ganz fest, während sie mit ihrer Zunge an meinem Ohr spielt. Sie versucht mich abzulenken.

Leise sagt sie etwas auf Africaans, und freut sich diebisch, dass ich es nicht verstehe, nicht wissend, dass ich in Holland geboren wurde. Ihr Angebot war eindeutig. Wir nehmen uns etwas zu essen und zu trinken mit und gehen wortlos hinter die Hütte zu unserem Lager. Doch was ich erhoffe, geschieht nicht. Sie reißt mich hoch und zieht mich zum Strand, wir baden.

Das warme Wasser ist himmlisch, sie aber auch. Wir liegen noch eine Weile am Strand und bewundern den südlichen Sternenhimmel.

88

Dann hasten wir nass wie wir sind, zu unserem Lager. Anele leckt mir voller Übermut das Salz von meinen nassen Schenkeln. Sie wird immer mutiger, ihr Mund verwöhnt mich, bis ich mich auf sie werfe. Es wird ein wilder Tanz, der Liebestanz einer zimtbraunen Zulu-Frau mit einem hungrigen Mann aus dem kühlen Europa.

In diesem Moment habe ich Tilly vergessen, die ganze Welt vergessen, die Gefahr vergessen. Ich bin mit ihr glücklich. Sie murmelt noch „my dear little sailor" und wir beide schlummern fest umschlungen ein. Dieser aufregende Tag hat für uns ein glückliches happy end gefunden.

Am nächsten Tag beginnen wir mit der Grabung. Als die Ebbe einsetzt und das Wasser abläuft, beginnen wir nach zwei Stunden einen kleinen Graben an der Steuerbordseite der Yacht zu schaufeln. Das Problem besteht darin, dass der Aushub nicht direkt neben dem Graben gelagert werden kann. Wir Stapeln also etwas entfernt einen Hügel aufeinander, den wir im unteren Teil mit Steinen befestigen. Dann warten wir auf die Flut. Als das Wasser den Höchststand erreicht hat, sind wir gespannt, was jetzt passiert. Das Wasser beginnt abzulaufen, erst langsam, dann schneller. Es fließt in den kleinen von uns gemachten Graben und nimmt Sand mit ins Meer. Wenig, aber es funktioniert. In den nächsten Tagen schachten wir weiter und sehen zu, wie die Rinne tiefer wird. Jetzt machen wir das gleiche auf der anderen Seite der Yacht. In der dritten Woche sind die Gräben beiderseits mit Hilfe der Gezeiten schon über einen halben Meter tief.

Die Yacht hat einen Tiefgang von drei Metern, wir müssen also tiefer graben, solange bis sie schwimmt.

An diesem Abend feiern wir, Paul und Denzel bereiten mit den Frauen ein bescheidenes Festmenü. Es gibt Bier und Denzel opfert vier Flaschen Rotwein. Die Stimmung ist wirklich gut. Es ist zwar noch kein Ende der Arbeiten in Sicht, aber es geht voran und funktioniert. Nach Mitternacht ziehe ich mich mit Anele zurück, um die Zweisamkeit zu genießen. Dann schlafen wir zufrieden ein.

Ein leises Zittern des Bodens reißt mich aus dem Schlaf. Ein böser Traum? Jetzt fühle ich ein leises Beben und gleichzeitig dieses stärker werdende Grollen.
Es ist so weit, denke ich entsetzt, wir sinken. Anele wird auch munter und wir stürzen hinaus ins Dunkle.
Wo kommt dieses Rauschen her? denke ich. Da ist die Welle schon da, Plötzlich stehen wir kniehoch im reißenden Wasser. Nach weniger als fünf Minuten ist das Wasser wieder weg. Wir rennen zum Strand: Unsere Gräben sind nicht mehr, einfach zu geschwemmt. Weinend sitzt Anele im nassen Sand, die Arbeit von drei Wochen ist vernichtet.
„Die Insel schwimmt noch" sage ich tröstend zu ihr und sie umarmt mich. Im Licht der Sterne dieses Unglück zu sehen macht traurig. Inzwischen sind alle anderen munter und stehen verzweifelt am Strand.
„Solange die Insel schwimmt, haben wir Zeit, es nochmal zu versuchen, auch immer wieder" versuche ich sie aufzubauen. So ganz gelingt es mir nicht. Keiner kann mehr schlafen.

Am Morgen suchen wir die Bruchstelle. Es ist ein ziemlich großes Stück dem Meer zum Opfer gefallen.

Ich rufe alle zur Arbeit, ehe die Mutlosigkeit um sich greift. Schon am Abend ist wieder eine kleine Rinne zu sehen.

Aaron geht es nicht gut, er klagt über Schmerzen. Seine Schwester Chavi pflegt ihn und sammelt Heilkräuter im Wald. Sie wollen sich in die Hütte auf der anderen Seite der Insel zurückziehen, bis Aaron wieder mitarbeiten kann. So geschieht es dann.

Wir kommen gut voran. Die neuen Gräben wachsen jeden Tag etwas in die Tiefe. Es wird nicht mehr lange dauern und wir haben wieder die schon mal erreichte Tiefe geschafft.

Nach fast zwei Wochen ohne ein Zeichen von den Beiden werden wir unruhig. Wo bleibt Aaron? Paul geht sie suchen.

Als er zurückkommt sehe ich an seinem Gesicht, dass etwas nicht stimmt.

„Sie sind weg, haben ihre Hütte zerlegt und sind mit dem Floß und allen Vorräten verschwunden" berichtet Paul verstört, „das ist doch Wahnsinn".

"Einfach weg" wiederholt er nochmal fassungslos.

Es ist doppelt traurig, nun müssen wir alleine schachten, das dauert länger als geplant und sie haben keine Chance auf Rettung. Mit Segeln und reichlich Trinkwasser hätten sie eine Minimalchance, aber so müsste ein Wunder geschehen, und das gibt es nur alle tausend Jahre. Schade um sie, aber sie glaubten nicht mehr an unser Vorhaben.

Langsam werden die Gräben tiefer. Jetzt beginnen wir den Sand hinter dem Heck abzutragen. Gleichzeitig sichern wir die Yacht mit beiden Ankern hinter großen Felsbrocken. Wenn wieder eine Flutwelle kommt, zieht sie das Schiff näher zum tiefen Wasser oder vielleicht schwimmt es schon auf. Träumen dürfen wir ja.

Dass ich an das Ufer zu Anele gespült wurde, war ja auch ein großer Zufall. Wir unterhalten uns oft über später, wenn wir überleben. Es sieht so aus als sollten wir zusammenbleiben. Wo, ist uns im Augenblick egal. Einfach zusammenbleiben. Ich denke, das ist ein guter Plan für einen älter werdenden Seemann und eine junge Zulu-Frau. Ich hoffe, der Himmel meint es gut mit uns, auch wenn ich nicht an überirdische Mächte glaube.

Wir arbeiten zu fünft weiter, unermüdlich. Immer wenn ein stürmisches Wetter naht, bauen wir eine Barriere aus Steinen am Heck der Yacht. Rechtzeitig, denn wiedermal hat es gestürmt.

Dieses Mal gab es keine Schäden. Als der Sturm nachließ, fanden wir etwa einhundert Meter entfernt am Strand das leere Floß. Unsere schlimmsten Befürchtungen haben sich bewahrheitet. Denzel startete sofort das Rettungsboot unserer Yacht und fuhr hinaus. Aber in welche Richtung sollte er suchen?

Und bei den ca. einen Meter hohen Wellen ist ein Mensch mit Rettungsweste kaum zu finden. Nach fast drei Stunden vergeblicher Suche kommt Denzel zurück. Wir sind nur noch fünf.

Tag für Tag graben wir weiter und wenn die Ebbe nachts eintritt, auch nachts. Einmal beobachte ich, wie Paul taumelt. Die Arbeit ist wohl doch zu schwer für ihn.

Physisch ist er durch den verlorenen Traum auch nicht sehr stabil. Ich schlage ihm vor, für uns zu kochen und eine Vorrichtung zu bauen, die uns Regenwasser speichert. Sichtlich erleichtert willigt er ein.

Nun schachten wir zu viert weiter.

Sehr genau achte ich darauf, dass die Tage nicht zu eintönig werden. Nur arbeiten ohne Höhepunkte kostet Kraft und ist gefährlich für unser Vorhaben.

Einmal in jeder Woche arbeiten wir ab sofort nicht. Wir baden und machen Ballspiele am Strand.

Außerdem haben wir ja kaum Kraftstoff für unser kleines Rettungsboot verbraucht. Wir sollten es mal mit dem Angeln versuchen. Denzel biegt mehrere Haken und ich suche die passenden Leinen aus der Yachtreserve.

Paul und Denzel fahren hinaus, nicht so weit aber weit genug, hoffen sie. Dass kein Fisch beißt, finde ich nicht tragisch, Hauptsache sie erholen sich etwas.

Doch als die Sonne untergeht, haben sie plötzlich einen Fisch am Haken, über einen Meter groß.

Jetzt packt sie das Jagdfieber. Schließlich landen sie mit drei großen Fischen an. Das ist mal eine schöne Abwechslung am Mittagstisch. Zufrieden und mit Elan geht die Arbeit am nächsten Morgen weiter, viele Wochen, bis wir die erforderliche Tiefe erreicht haben. Jetzt warten wir auf das Grollen, das uns dem Abschied von der Insel näherbringt.

Unsere Tage vergehen wie Ebbe und Flut. Mal haben wir Starkregen, dann verkriechen wir uns in der Hütte, ein andermal brennt die Sonne. Ich durchstreife mit Paul die Insel, zuerst immer am Strand entlang, um dieses treibende Monstrum in seiner Größe zu erfassen. Wir finden noch viele kleinere Abbruchstellen und an einem breiteren Strandabschnitt mehrere große rußige Steine und angekohlte Holzreste. Hier waren vor langer Zeit Menschen. Wie viele Segler, Seeleute und Schiffsbrüchige haben sich umsonst gefreut, eine unbekannte Insel entdeckt zu haben, die dann leider nicht mehr auffindbar war.

Aufbruch nach der Apokalypse

Bald ist es soweit, die Insel stöhnt, nachts besonders gut zu hören. In den letzten Tagen sehe ich Henk öfter mal mit dem Sextanten den Sonnenstand messen und Berechnungen anzustellen.

„Paul, komm bitte mal rüber" ruft er mir an einem Nach-mittag zu. "Es sind nur noch vier Tage, dann steht die Insel in der richtigen Windrichtung. Wenn es dann noch einen Sturm gibt, mindestens 7 Bft, dann rutscht unsere Yacht ins Wasser. Bis dahin müssen alle Vorräte und unsre persönlichen Sachen auf dem Schiff sein".

Kein Zweifel an seinen Berechnungen. Wir sollten es schaffen, unsere Yacht für einen plötzlichen Aufbruch vorzubereiten. Henk inspiziert das Unterwasserschiff der Yacht auf Schäden. Auf einer Seite sind starke Kratzer durch die Berührung mit einem Felsen zu erkennen, die Henk aber nicht beunruhigen. Die Wassertanks müssen mit Regenwasser aufgefüllt werden. Yani macht noch ein paar Skizzen von der Insel und unsrer Hütte für ihre Reportage. Am vierten Tag besteigen wir schon am Morgen unser Schiff. Der Wind ist nicht so stark wie erhofft, aber die Flut drückt viel Wasser in unseren gegrabenen Kanal. Als die Flut den Höchststand erreicht, wirft Henk den Diesel an und gibt in sanften Schüben Rückwärtsfahrt. Erst tut sich gar nichts, dann plötzlich geht ein Zittern durch den Rumpf und nach ein bis zwei Minuten rutscht das Schiff langsam ins tiefe Wasser.

Unseren Freudenschrei hat man sicher bis Kapstadt gehört.
Wir sind total erleichtert, fürs erste gerettet. Henk stellt das
ganze Schiff auf den Kopf aber alle Ventile sind dicht. Sonst nur
ein paar Schäden durch den Sturm an den Segeln. Das beheben
Wir unterwegs. Zur Sicherheit ankern wir hier in der Bucht bis
zum Morgen, dann wird uns Henk neue Order geben.

Der Morgen bricht verheißungsvoll an, tiefblauer Himmel ohne
Wolken und ausreichend Wind.
Paul und die Crew warten schon auf die weitere Planung. Die
unbekannte Insel hat Paul aus seinem Kopf gestrichen.
Vorlesungen in Hamburg findet er weniger gefährlich. Ich habe
noch Lust, etwas zu segeln, aber in ungefährlichen Breiten-
graden. Geht leider nicht, da Paul die Yacht sicher wieder
verkaufen wird. Anele möchte mit mir in Kapstadt leben, gerne
würde ich mir ihr zusammenbleiben. Vielleicht kann ich sie auch
überzeugen, in Hamburg zu leben.
Das erste Ziel ist also Kapstadt, da sind sich alle einig. Aber erst
mal gibt es Frühstück an Bord, das erste nach einem halben Jahr
auf der Insel.
„Jetzt heißt es Abschied nehmen" sagt Paul etwas melan-
cholisch. Er meint sicher auch Abschied von seinem Traum. Yani
ist etwas irritiert: „Bist du traurig, dass wir unser Leben retten
können?"
„Nein, so war das nicht gemeint" sagt er sofort „Es war mehr
meine Gemütsverfassung. Ich war doch so nahe dran an einer
Entdeckung. Nun ist der Traum zerronnen."

Etwas Mitgefühl kommt plötzlich in uns auf. Für ihn war alles umsonst. Oder doch nicht? Wir hatten doch einige schöne gemeinsame Erlebnisse auf See und in den Häfen.

Anele ist auch traurig, sie hat die Gefährten ihrer fünfjährigen Robinsonade verloren, ertrunken irgendwo im Südatlantik. Eine Weile sind alle stumm, verloren in ihren Gedanken. In diesem Augenblick ist ein anschwellendes Dröhnen zu vernehmen. Es wird immer lauter. Ich erfasse die Situation als erster und brülle: „Holt die Anker hoch, sonst werden wir von der Welle überrollt."

Dann sehen wir sie, ein Monstrum von einer Welle, so etwas habe ich in meinen ganzen Jahren auf See nicht gesehen. Denzel hat den Motor angeworfen, und Yani betätigt die Ankerwinden. Mit einem schnellen klack-klack-klack verschwinden die Ankerketten im Ankerkasten. Keine Minute zu früh lösen sich die Anker vom Grund.

"Festhalten" schreit Denzel blass im Gesicht. Die Yacht beginnt zu treiben.

Ich sehe die Welle auf mich zukommen, ihr Kamm ist gebrochen. Dann ist sie über mir und ich denke im selben Augenblick, es muss ein gewaltiger Abbruch an der Insel passiert sein. Die Yacht dreht sich seitlich, als die Welle auf uns herunterbricht, kann ich durch sie durchsehen wie durch Glas. Die Yacht legt sich auf die Seite, so als wolle sie kentern, langsam und immer weiter. Die Frauen haben die Hände vor die Augen gepresst, Denzel sitzt mit weit aufgerissenen Augen da, den Mund geöffnet als wollte er schreien. Vielleicht schreit er auch und ich kann es im Getöse nicht hören.

Schnell werfe ich einen Blick auf Anele, sie lächelt mir tapfer zu, doch ich sehe die Angst in ihren dunklen Augen. Was für eine Frau! In diesem Augenblick wird mir klar, wie sehr ich sie liebe. Ich will da leben, wo sie es will, mit ihr, wenn wir überleben. Ganz sicher bin ich mir da nicht.

Plötzlich wird es ruhig. Eine unheimliche Stille breitet sich aus und verschluckt auch den letzten Laut. Über mir, unwirklich, steht wieder der Albatros ohne Flügelschlag still in der Luft. Die Seele eines toten Seemanns, sagt man.

Dann setzt plötzlich ein leises Plätschern ein. Unglaublich, ganz, ganz langsam richtet sich die Yacht auf und das Wasser läuft vom Deck. In diesem Augenblick ein wunderbares Geräusch.

Als das Schiff sich voll aufgerichtet hat, liegt es sehr tief im Wasser. Ohne aufzusehen schöpfen wir mit allem was wir haben, das Meer aus dem Cockpit und danach aus dem Salon. Erschöpft sinken wir nach drei Stunden auf die Bänke im Cockpit. Überall Nässe.

Henk will uns etwas Warmes kochen, erstmal einen Tee mit viel Rum. Aber vorher noch ein Bild von der Insel, ehe wir Segel setzen.

Ein grausamer, markerschütternder Schrei jagt durch jeden Winkel der Yacht. Alle stürzen ins Cockpit. Dort steht Denzel mit unnatürlich aufgerissenen Augen, den Fotoapparat in der Hand und zeigt zur Insel. Nein, auf eine Stelle im Ozean, wo Bäume und Kraut sich in wildem Strudel drehen. Da ist keine Insel mehr. Allen ist klar, dass wir keine Minute zu früh aufgebrochen sind. Und Anele sieht mich an und sagt: „Wenn ihr nicht gestrandet wäret, wäre ich jetzt da unten." Eine grauselige Vorstellung.

Ich lasse ein Segel setzen und langsam nehmen wir Fahrt auf.

Jeder arbeitet jetzt, als würde alles von ihm abhängen. Paul umarmt mich: „Jetzt kann dir im Leben nichts mehr passieren." Und ich habe Tränen der Erleichterung im Gesicht, denke aber auch an Aaron und Chavi, die sinnlos gestorben sind. Warum? Sie hatten kein Vertrauen in unsere Gemeinschaft.

Der dunkelgraue Himmel beginnt sich ziegelrot zu färben, es ist Nachmittag. Ein angenehmer Wind treibt uns nach Norden. Im Osten ist der Horizont schon dunkel wie Schiefer.

Der treue Autopilot übernimmt meine Arbeit. Wir sitzen zusammen im fast trockenen Salon und schauen uns erschöpft an. Paul bricht als erster das Schweigen: „Wie geht es jetzt weiter?" fragt er leise. Um dieser Crew wieder Leben einzuhauchen, sage ich scherzhaft: „Wir suchen eine neue unbekannte Insel."

Erstaunte, ungläubige Blicke, ein heftiges Kopfschütteln von Paul und dann ein befreiendes Lachen, in das alle einstimmen.

Mit der Überseglerkarte in der Hand erkläre ich meine Pläne. „Wir sollten zuerst Cap Town anlaufen und unsere Verpflegung ergänzen. Bis dorthin sind es ca. 550 Seemeilen, das ist in zwei bis drei Tagen zu erreichen, wenn das Wetter sich nicht verschlechtert."

Ich wollte mir sowieso von Anele ihre Heimatstadt zeigen lassen, wenigstens ein Teil davon. Alle sind dafür, sich dort ein paar Tage auszuruhen.

„Das ist auch sinnvoll," überlege ich laut, „weil die nächste Etappe nach Port Gentil in Gabun 2160 Seemeilen lang sein wird. Dafür brauchen wir dann ca. drei Wochen."

„Und wie geht es weiter?" will Denzel ungeduldig wissen.

„Man soll zwar nicht zu weit vorausplanen, aber ich könnte mir Conakry in Guinea vorstellen. Dafür würden wir zwei Wochen benötigen," gebe ich zu bedenken. Alle sind einverstanden.

„Gut, dann sehen wir weiter," sage ich erleichtert.

Eine ganze Weile sitzen wir noch im warmen Salon, essen Schnittchen und knabbern am Rest von den süßen Sachen. Dazu gibt es Tee mit Rum, Irishcoffee und Glühwein, je nach Wunsch.

Ich überprüfe nochmal den Kurs, Yani übernimmt die erste Wache bis Mitternacht, dann wird Paul sie ablösen und um 04.00 Uhr früh übernehme ich dann bis zum Frühstück. Aber jetzt ganz schnell in die warme Koje, das Schiff zieht auch ohne mein Zutun ruhig seine Bahn.

Erregte Stimmen an Deck holen mich aus meinem Halbschlaf. Was ist passiert? Ich ziehe mich nochmal an und klettere aus dem Salon. Das Meer ist glatt wie ein Spiegel.

Weit außerhalb der großen Schifffahrtsrouten brauchen wir hier keine Begegnung zu fürchten.

Paul zeigt nach vorn, dort fährt ein Schiff, nein es fährt gar nicht es treibt. „Vielleicht ein U-Boot," vermutet Yani. Ich nehme mein Fernglas. Tief im Wasser liegend erkenne ich einen Küstenfrachter, sieht aus wie ein Notfall. Wie kommt der hierher in diese Gewässer? Wir müssen näher ran, um Gewissheit zu bekommen. Mein Anruf per Funk wird nicht beantwortet.

Auch unser Rufen aus unmittelbarer Nähe ist umsonst, das Schiff ist verlassen. Ich melde die Begegnung an die nächste Seefunkstelle über Satelit. Meine Crew stellt Vermutungen an: Was könnte das Schiff hierher verschlagen haben? Und wo ist die Besatzung?

Ich versuche es zu erklären. „Oft verlässt die Besatzung in Notsituationen zu früh ihr Schiff. Wenn diese Schiffe dann nicht untergehen, treiben sie viele Jahre auf den Meeren mit den Strömungen, ehe sie stranden oder im Sturm untergehen. Hierher ins Südpolarmeer strömt warmes, durch Verdunstung sehr salzhaltiges Oberflächenwasser vom Indischen Ozean.

Von hier aus treibt so ein Wrack an der afrikanischen Küste entlang mit dem Bengualstrom Richtung Nordpol, wo das Wasser durch sein höheres Gewicht zum Meeresboden sinkt und erst nach hunderten von Jahren wieder nach oben steigt. Das Wasser treibt dann nach Süden mit dem Brasilstrom an der Küste Südamerikas bis in die Eisregion des Südpolarmeeres."

Dieses Wrack hier könnte mit dem Strom diesen Weg getrieben sein, vielleicht über viele Jahre.

Alle vier starren beeindruckt auf dieses Wrack. Denzel fängt sich als erster: „........treibt schon viele Jahre im Meer?" Das weiß ich natürlich nicht, aber das kann schon sein, denn es sieht arg ramponiert aus.

„Vielleicht kommt es aus Südostasien oder Australien," vermute ich. Aber auf das Wrack klettern möchte ich auch nicht, denn manchmal sind noch Leichen an Bord.

Also nehmen wir unseren Kurs wieder auf, Yani hat Wache und wir anderen rollen uns in unsere Kojen, aber nicht sehr lange.

Ein leises Klopfen weckt mich, es ist 03.45 Uhr. Paul hat mir heißen Kaffee hingestellt, den trinke ich, während Paul mir von seiner Wache berichtet: keine Windänderung, keine Vorkommnisse, unsere aktuelle Position ist in die Seekarte eingetragen. „Gute Arbeit," sage ich.

Paul rollt sich in seine Koje um die nächste vier Stunden zu schlafen und ich freue mich auf die nächsten zwei Stunden unter dem nächtlichen Himmel der südlichen Halbkugel und den folgenden Sonnenaufgang.

Diese Wache ist immer noch meine liebste.

Ich hole mir noch eine Mug Kaffee, setze mich so, dass ich einen guten Blick nach vorn habe und genieße den Sternenhimmel. In dieser Nacht ist alles ruhig, Eisberge gibt es hier nicht mehr und wenn doch würde ich über Funk eine Eiswarnung erhalten. Wir segeln außerhalb der großen Schifffahrtsrouten, sodass keine Kollision zu befürchten ist. Dieses tiefe Blau am nächtlichen Himmel verzaubert alles um mich herum.

In diesem Augenblick bin ich mir wiedermal sicher, dass Segeln die schönste Freizeitbeschäftigung ist.

Nach einer Stunde färbt sich der Horizont mit einem leichten ziegelrot, das von Minute zu Minute heller wird und in ein kräftiges Orange übergeht. Ein schmaler Streifen aus Gold zeichnet die Kimm nach. Dann kommt der wunderbare Moment, an dem die Sonne mit einem Auge über den Horizont lugt, mir zublinzelt und einen breiten goldenen Streifen auf das Meer wirft. Mit einem kräftigen Klimmzug, der nur wenige Sekunden dauert, zieht sie sich vollends hoch und lässt das Gold auf dem Meer verblassen, ein sehr helles Gelb dominiert jetzt das Wasser.

Diese Nächte auf See haben mir schon immer eine tiefe Befriedigung gegeben, ich fühle mich als Teil des Universums, ein ganz winziges Teil.

Gleich ist meine Wache zu Ende und ein neuer Tag ist angebrochen. Tag eins nach dem Untergang der Insel, die keine war. Morgen Mittag, wenn alles gut geht, sind wir in Kapstadt. Meine Crew krabbelt aus dem Salon an die frische Seeluft und ich übergebe wieder an den Autopiloten. Wir sitzen am Frühstückstisch und ich bin stolz auf diese Crew. Meine Befürchtungen haben sich nicht bestätigt, Paul war trotz aller Eigenheiten ein guter Partner, Denzel und Yani vollwertige Crewmitglieder, sie haben viel gelernt in diesen Tagen. Und mit Anele habe ich das Glück gefunden. Dafür hat sich der Einsatz gelohnt.

Cap Town

Ein grandioses Bild, vor uns liegt Kapstadt. Im Hafenhandbuch finde ich ein Luftbild. Überall Wellenbrecher, die
den Hafen schützen und weit drin der Yachthafen. Ich melde
uns beim Hafenmeister an und wir bekommen einen guten
Liegeplatz.

Da Denzel kein Bier mehr findet, feiern wir das Anlegen mit
einem Glas Sekt. Das Tauwerk wird sauber aufgeklart
(aufgerollt), die Segel lassen wir noch stehen, waschen das Salz
ab und bewundern nebenbei die grandiose Aussicht auf den
Tafelberg. Anele ist glücklich, wieder zu Hause zu sein.

Ob es auch mein Zuhause wird? Schon der Hafen ist gewaltig, die Stadt hat knapp eine halbe Million Einwohner. Und, wie Anele bemerkt, 320 Restaurants.

War das ein vorsichtiger Hinweis darauf, dass wir seit mehreren Tagen nichts Ordentliches mehr gegessen haben? Gegenüber sehe ich die Leuchtreklamen an der Hafenstraße, besonders das „Riverside Point" fällt auf.

„Wenn ihr am Hafen bleiben wollt, dann gehen wir doch ins „Mariners Wharf," schlägt Anele vor. „Das ist ein Seemanns Lokal, riesengroß und mit einer unglaublichen Speisekarte."
Das tun wir dann auch gerne.

Das „Mariners Wharf" hat unglaublich viele Räume, die stark einem Seefahrtsmuseum gleichen, wenn nicht die laute Musik und das Gemenge aus Touristen und Seeleuten wäre. Es ist abzusehen, dass der Abend heute lang wird.

Zuerst widmen wir uns dem Bier. Die freundliche Bedienung stuft uns als Europäer ein und bringt uns ein Windhoek Lagerbier, in Namibia gebraut erinnert es mich stark an deutsches Bier. „Hey, wir sind in Südafrika, lasst und doch lieber einheimisches Bier trinken," sagt Paul leicht entrüstet. Recht hat er. Anele kann uns da helfen: „Trinkt südafrikanisches Castle Lager, angenehm herb." Das machen wir gerne, das Bier ist gut. Dann wird es langsam Zeit fürs Essen. Jeder bestellt etwas anderes, die Auswahl ist gigantisch.

Ich beginne mit einem Meeresfrüchtecocktail, danach ein Grillteller. Das war ein schlimmer Fehler, nicht das etwas nicht in Ordnung war, nein im Gegenteil. Ein halbes Dutzend kleine Steaks und genausoviel verschiedene Würstchen wären sicher auch für zwei Personen zuviel gewesen. Hat aber gut geschmeckt. Jetzt dürfte ich eigentlich keine Nachspeise nehmen, aber wie heißt es so schön: ….der Geist ist willig….. Also bestelle ich mir ein „Créme brulée" mit frischen Himmbeeren. Ein Traum.
„Das Umqombothi ist ein Hirsebier, das solltet ihr auch noch probieren."
Natürlich Anele, sie will uns gleich das ganze Land zeigen, beginnend mit dem Bier. Da es wirklich gut schmeckt, trinken wir noch zwei bis drei Gläser Hirsebier auf unsere Rettung in letzter Minute. Es wird ein schöner Abend.

Am nächsten Morgen führt mein erster Weg zur Polizei. Ich schildere das unangekündigte Verschwinden von Aaron und Chiva mit dem Floß. Paul berichtet als Zeuge.

Wir werden gebeten, in den kommenden drei Tagen Kapstadt nicht zu verlassen. So bekommen die nächsten Angehörigen doch noch Gewissheit über die beiden seit über fünf Jahren Verschwundenen.

Der Bummel duch Kapstadt unter Führung von Yani beginnt am späten Vormittag. Hinter uns direkt am lauten Hafen liegt das Robben Island Museum. Von hier aus fährt die Fähre zur Insel Robben Island, eine Gefängnisinsel für politisch Inhaftierte. Nelson Mandela war hier 27 Jahre in Haft.
Anele führt uns dannach zum südlich vom Fährterminal gelegenen Bay Harbour Market, ein riesiger Einkaufsmarkt mit Gastronomie und vielseitigen musikalischen Darbietungen. Im wuseliges Gewinnel von Menschen aller Nationen stärken wir uns mit einem leckern Snack und genießen das bunte Treiben im Markt.

Das letzte Ziel des heutigen Ausflugs ist die St. George´s Cathedral. Sie ist der Hauptwirkungsort des schwarzen Erzbischofs Desmond Tutu. Schweigend bewundern wir das Bauwerk, diesen Ort der absoluten Ruhe.

Zurück im Trubel der Stadt ist es nicht schwer, eine Bar zu finden. Paul lädt uns zu einem Drink ein. Yani macht sich eifrig Notizen für ihre Reportage und fotografiert unentwegt. Anschließend bummeln wir durch dieses unglaubliche Gewimmel von Touristen zurück zum Schiff und genießen einen Irishcoffee, den uns Denzel serviert. Ein schöner Tag in Cap Town geht zu Ende, die Lichtreklamen flammen auf und machen der untergehenden Sonne Konkurrenz.

Wir haben noch zwei schöne Tage in dieser wunderbaren Stadt. Anele zeigt mir wirklich schöne Strände und wir beide genießen die Sonne und die Liebe. Sobald wir gut in Palos de Frontera angekommen sind, fliegen wir beide zurück nach Kapstadt, um hier zu leben. Morgen machen wir uns auf das längste Teilstück dieser Reise, 4000 km (2160 Seemeilen) von Kapstadt bis Port Gentil in Gabun, etwa 18 Tage, hoffentlich ohne Stürme. Zur Sicherheit werden wir Neptun nochmal vom Besten opfern.

Stürmische Überfahrt

Es ist 05.45 Uhr als wir starten. Gleich wird sich die Sonne zeigen. Hinter uns liegt der Tafelberg im leichten Morgennebel.

Unsere Stimmung ist nach dem Erlebnis Kapstadt wirklich gut. Denzel bereitet das Frühstück vor. Das erste Frühstück besteht aus fünf Gläsern vom besten Rum. Die Hälfte von jedem Glas geht über Bord um Neptun zu besänftigen. Danach höre ich den Wetterbericht. Das Opfer hat sich gelohnt, die nächsten Tage kommen mit Windstärke 4-5 Bft aus West, genau das brauchen wir. Die Stimmung ist gut. Denzel serviert den zweiten Gang vom Frühstück, ein Skipperfrühstück für Jeden.
Den Vormittag verbringen wir gemeinsam im Cockpit. Der Autopilot steuert, wir sitzen ganz entspannt

Jeder hängt seinen Gedanken nach.

Auch Paul und er lässt uns teilhaben: „Das war eine riskante Erfahrung für mich. Die Philosophie geht schon sehr weit mit der Lehre des Erkennens und des Wissens, den Strukturen unseres Lebens. Es hat mich gereizt, die Grenzen des Möglichen zu erkunden. Das es schwimmende Inseln gibt, übersteigt auch mein Vorstellungsvermögen. Inseln die noch nicht entdeckt sind, konnte ich mir vorstellen. Das dieser Traum uns beinahe das Leben gekostet hat, bedaure ich sehr. In Zukunft forsche ich mit weniger riskanten Experimenten."

„Das Geschehene haben wir uns alle nicht vorstellen können," gibt Yani zu. „Mein Beruf ist nicht ungefährlich, doch diese Reise möchte ich nicht nochmal machen. Dafür habe ich jetzt aber eine unschlagbare Story, um die sich die Magazine reißen werden."

Denzel holt tief Luft für seinen großen Moment, dann sagt er mit fester Stimme: „Yani, wenn du mich haben willst, dann sage es jetzt. Ich habe dich in den letzten Jahren kennen- und lieben- gelernt. Ich brauche dich, aber lebend. Eine riskante Reise machen wir beide nicht nochmal" und holt wieder tief Luft, so als hätte ihn dieser Satz angestrengt.

Und Yani antwortet scherzend: „So sei es, mein Gebieter. Ich will dich auch." Mit ihrem schönsten Lächeln küsst sie ihn.

Wenn es möglich wäre, hätte ich sie sofort getraut, aber das ist heute dem Kapitän nur in Notfällen erlaubt.

„Henk, wie denkst du eigentlich über den Ausgang dieser Reise?" fragt mich Anele.

„Nun," sage ich „Ich hatte wohl das größte Risiko zu tragen. Gerade mein Seefahrtsbuch zurückgegeben, endlich frei, tappe ich in deine Falle. Was hattest du auf dieser verdammten Insel zu suchen?"

„Ich hab` auf dich gewartet, um dich mit meinem Korb zu fangen." „Das hätte schief gehen können, der Sturm hätte uns auf eine andere Insel treiben können," sagte ich, wohl um das letzte Wort zu haben. Doch sie setzte noch eins drauf: „Kein Risiko, kein Glück, sagt das Sprichwort," entgegnet sie mir. Nun ist es genug, denke ich, wir haben ja noch ein halbes Leben, um das endgültig zu klären.

Denzel bringt zwei Flaschen Rotwein und füllt die Gläser. Ich glaube in diesem Moment sind wir uns einig, dass wir mit Glück und Können diese Situation gemeistert haben. So verschieden wir sind, sind wir doch als Team zusammengewachsen.

Fünf Stunden später ist teatime und alle finden sich wieder im Cockpit ein. Der Wachplan für heute Nacht wird besprochen, es sind keine Probleme zu erwarten. Vor uns ist die freie See.
Und so geht das noch 14 Tage weiter, dann ändert sich die Wetterlage gravierend.
Womit haben wir Neptun verärgert, dass er uns drei Tage vor Port Gentil Sturm schickt? Ich habe es im Funk als Securité-Sturmwarnung gehört. Noch haben wir Zeit uns vorzubereiten. Tee wird gekocht für drei Tage, auch Kaffee und Hartbrot zu Verpflegungsportionen zusammengepackt. Die Rettungs-westen werden bereitgelegt und das wasserdichte Ölzeug angezogen. Gegen Abend geht es los. Das Barometer fällt rasch auf 985 hPa, die See hebt und senkt sich.

Der Wind kommt jetzt aus Südwest. Bereits vor einer Stunde haben wir die beiden großen Segel eingeholt, jetzt steht nur noch die Sturmfock. Normalerweise ist raumer Wind, also ab 30 Grad zunehmend von achtern ein guter Wind. Aber nicht bei Windstärke 10 auf dem Atlantik. Alle sind angespannt. Jetzt kommt eine besonders hohe Welle, noch ohne zu brechen hebt sie uns an, wir stehen ein paar Sekunden auf dem Kamm und schauen hinter uns in den schaurigen Schlund fünf Meter unter uns. Die Yacht langsam nach hinten mit dem Heck zuerst die Welle hinunter, kein schönes Gefühl. Sollte der Wind zunehmen, werde ich das Schiff wenden und gegen die Welle segeln. Dann besteht die Gefahr nicht mehr, überrollt zu werden. Ein eigenartiges Licht breitet sich aus. Der Himmel ist sternenklar und zeigt ein tiefdunkles Samt Blau. Wir jagen mit über zehn Knoten Geschwindigkeit vor dem Wind her. Inzwischen ist das Meer weiß wie zu Hause unsere Berge im Winter. Wir haben uns an die wilde Jagd gewöhnt, dann sind wir eben schneller am Ziel. Hauptsache der Wind wird nicht stärker. Das Schiff nimmt viel Wasser über, im Cockpit wird es ungemütlich. Aber unten im Salon will auch keiner bleiben, die Seekrankheit ist grausam in ihrer schlimmsten Form. Aber noch sind alle gut drauf, ich hoffe, es bleibt so. Gegen Mittag hat der Wind in Böen tatsächlich schon auf Stärke 11 zugenommen.

Von den Broten rührt keiner etwas an, aber getrunken wird ständig. Wir müssen den Tee rationieren. Gischt von den großen Brechern fliegt in nassen Schwaden in unser Cockpit und läuft wieder ab, durch meinen Kragen am Körper hinunter in die Stiefel und dann übers Heck wieder in die See.

Yani und Anele ducken sich unters Sprayhood und stehen dort etwas trockener

Alle sind angeseilt. So geht der Tag wieder in die Nacht über und einen neuen Morgen. Paul, Denzel und die Frauen beschäftige ich mit Knotenarbeit. Da sind sie abgelenkt und es ist noch nützlich an Bord, alle Gebrauchsknoten zu beherrschen. Morgen um diese Zeit werden wir schon den Leuchtturm von Port Gentil sehen. Aber Morgen ist noch weit.

Wir kämpfen mit dem eingedrungenen Wasser. Und wir gewinnen. So vergeht der letzte Tag. Am späten Nachmittag wird die See etwas ruhiger und wir sehen tatsächlich den Leuchtturm und die Sonne hinter dem von Wolken bedeckten Himmel. Gute Zeit zum Anlegen.

Alles weitere ist jetzt schon Routine. Die Leinen fliegen an Land, werden sicher belegt und damit ist die längste Teilstrecke der Reise trotz Sturm bewältigt, wir sind in Port Gentil.

Hier wollen wirkliche nur einen Tag bleiben, Trinkwasser bunkern, frisches Obst und Brot kaufen, natürlich auch einige Pakete Bier.

Der Hafen ist groß, aber auch sehr nüchtern. Die Stadt in den Sümpfen der Flussmündung hat knapp 140.000 Einwohner. Sie ist nicht an das Straßennetz des Landes angeschlossen, daher nur aus der Luft oder mit dem Schiff zu erreichen. Hauptausfuhrgüter sind Fisch und Edelhölzer. Und er ist natürlich der große Ölhafen. Morgen werden wir uns die Stadt in Hafennähe ansehen. Es gibt hier nur wenige Touristen, auch nur zwei Hotels. Wir sehen uns die Cathedrale Saint Louis an, bummeln durch die Straßen, die alle zum Hafen führen. Paul kommt mit einem Ziehkarren vom Einkauf zurück. Nach seinem Gesichtsausdruck zu schließen, hat er alles Gewünschte bekommen. Nun steht noch ein Bummel an einem der herrlichen Strände an, das wird uns guttun. Der feine weiße Sand am breiten mit Palmen bestandenen Strand entlockt unseren beiden Frauen Freudenschreie. Und es sind kaum Menschen zu sehen. Wir baden.

Von den Salzwasserspritzern durstig geworden besuchen wir die Cocktail-Strandbar „La Case". Bei einem Drink studiere ich die Speisekarte und entscheide mich für ein afrikanisches Menü, wenn nicht hier, wo dann.

Es kommt zwar sehr exotisch daher, aber ich bin mutig.
Zum Steak gibt es als Vorspeise „Bilton", getrocknetes Kudufleisch. Fast alle Speisen sind hier sehr fleischlastig. Ein Chutney aus marinierten Früchten dient als Sauce zum Fleisch. Die Beilage nennt sich „Chakalaka", bestehend aus Zwiebeln, Knoblauch, Ingwer, Paprika, Karotten, Blumenkohl gewürzt mit Chilli und Curry.

Als der Teller, nein es ist wohl eher eine tellerartige Schüssel, vor mir steht, bin ich doch ganz schön erschrocken. Das war in einer Strandbar nicht zu erwarten.

Danach bin ich mir sicher, alles richtig gemacht zu haben. Ich habe ich typisch afrikanisches Gericht gegessen. Und es hat mir geschmeckt. Nicht alle von der Crew waren so mutig und anschließend begeistert wie ich.

„Dieser getrocknete Fisch zu dem Früchtemus war etwas seltsam," beschwert sich Paul.

Ich verspreche ihm einen Umtrunk mit afrikanischem Bier, wenn wir wieder an Bord sind.

Da war Denzel schlauer, er hat sich für die Schweinshaxe bayrisch entschieden, in Afrika! Wir bummeln wieder zurück zum Schiff

Hier gibt es außer schönen Stränden nicht viel zu sehen. Nur weißer Sand und blaues Meer.

Wir entschließen uns, morgen zeitig zu starten. Heute sitzen wir noch lange im Cockpit unserer Yacht, genießen diesen wunderbaren, langsam kühler werdenden Abend bei Gintonic und angenehmen Gesprächen. Wir, die beiden Pärchen, wissen was wir nach der Ankunft in Palos machen. Wir bleiben als Paar zusammen und freuen uns auf ein gemeinsames Heim, wo auch immer. Und Paul? „Hallo Paul, was machst du eigentlich nach unserer Reise?" fragt Anele

„Die Yacht verkaufen, nach Sumatra gehen und unbekannte Spezies der Tierwelt entdecken. Oder im Hamburg an der Uni Vorlesungen halten. Von gefährlichen Abenteuern habe ich genug erlebt," sagt Paul mit tiefster Überzeugung. „Aber es war eine wunderbare Zeit mit euch und ich danke euch allen dafür. Vielleicht sehen wir uns mal wieder, in Hamburg, Sumatra oder wo auch immer." Das sagt Paul mit etwas Wehmut in der Stimme. Ich kann ihn gut verstehen.

Die Sonne ist inzwischen völlig im Meer versunken. Der Himmel ist so klar, dass wir das tausendfache Funkeln der Sterne am Himmel bestaunen können. Große Sterne strahlen wie Diamanten, kleinere funkeln unregelmäßig, so, als ob uns jemand da draußen im All Signale gibt. Diese Nacht ist geheimnisvoll. Anele hält meine Hand fest, so als könnte sie den Augenblick für immer festhalten. Eine eigenartige Stimmung herrscht an Bord in dieser Nacht. Es ist schon ein bisschen wie Abschiednehmen. Dabei liegen noch ca. 6000 km zwischen uns und Faro de Frontera. Morgen starten wir mit dem Ziel Conakry in Guinea, zwei Segelwochen entfernt.

Schon beim Frühstück ist die Stimmung völlig anders: Noch einen ganzen Monat segeln wir zusammen und schöne Erlebnisse warten auf uns. Wir segeln immer die afrikanische Küste hinauf, nordwärts. Die Tage gleichen sich im Ablauf, nur der Wind wird immer weniger. Nach drei Tagen haben wir die Insel Sao Tomé und Principe an Steuerbord. Sie liegt genau auf dem Äquator. Da ich der Einzige bin, der die Linie schon mal passiert hat, werden alle anderen von mir getauft, den Spaß gönne ich mir. Wir haben einen schönen Abend auf See, mit Sekt und gutem Essen, mit viel Phantasie von Denzel zubereitet. Ich besprühe jeden mit Linienwasser (Wodka) nachdem ich eine Locke abgeschnitten habe. Ganz spannend ich die Verkündung des Taufnamens.

Denzel bekommt den Namen „Kombüsenhörnchen", Yani heißt ab sofort „Atlantiknixe" und Paul „Inselpaul". Anele freut sich über den Taufnamen „Stern von Afrika".

Alle sind zufrieden, nur ich nicht. Weil der Wind ganz ausbleibt, müssen wir unsere Maschine bemühen, um nicht hier festzuliegen. Fast zwei Tage fahren wir mit dem Motor, dann kommt plötzlich wieder eine Brise aus West auf. Eine leichte Brise, reicht gerade so für 3 Knoten Geschwindigkeit. Aber besser als nichts. Der Kurs geht jetzt nach Nordwest. Einmal saß ein exotischer Vogel den ganzen Tag auf dem Ende des Großbaumes, sehr zur Freude der beiden Frauen.

Am fünfzehnten Tag nähern wir uns der Küste von Guinea. Die Hauptstadt Conakry hat den größten Hafen an der Westküste Afrikas. Die Küste ist größtenteils flach und oft schlammig.

Der riesige Tiefwasserhafen dient der Ausfuhr von Bananen, Eisenerz und Bauxit. Wir finden einen sicheren Liegeplatz und sprechen mit dem beleibten Hafenmeister. Mir fiel schon auf, dass nur zwei Yachten im Hafen liegen.

Deshalb war ich nicht erstaunt, als der Hafenmeister mich warnte: „Hier gibt es keine Touristen, zu viel Kriminalität," sagte er, als wäre es total normal. „Gehen sie nicht in die großen Märkte und nachts nicht auf die Straße," fuhr er fort. „Die Polizei hält sie an, kontrolliert sie und hält die Hand auf. Hier sind sie ihr Geld schnell los."

Das sind ja rosige Aussichten, denke ich. Zur Sicherheit werde ich Paul beim Einkauf begleiten und dann nichts wie weg hier. Bei gutem Wind sind es noch zwei Wochen bis Faro.

Einen Bummel am fast verwaisten Strand wage ich dennoch. Schade, hier ist wirklich nichts los. In zwei Wochen sind wir hoffentlich in Spanien. Paul wartet schon auf mich, seine Einkaufsliste ist nicht sehr lang. Nur das Nötigste wird gekauft.

In einem kleinen Laden auf dem Gelände einer Reederei finden wir, was wir brauchen. Heute Abend essen wir an Bord. Ich teile Wachen ein, unsere Schlauchboote, die auf Deck verzurrt sind, brauchen wir noch.

Am Morgen dann großes Staunen, ein Boot fehlt, trotz Wachen. Am Bug hängt noch eine alte Strickleiter, die der oder die Diebe benutzt haben. Wann es passiert ist, wissen wir nicht. Unsere Wache saß im Cockpit. Der dreiste Diebstahl muss total lautlos passiert sein. Ich hole gar nicht erst die „Polizei", es würde dadurch vielleicht noch teurer.
Die Devise heißt: Frühstücken und schnell weg.

Kurs Palos de Frontera

Als die Leinen eingeholt sind und wir weit draußen die lange Mole hinter uns wissen, fällt mir auf, dass ich vergessen habe, die Hafengebühr zu bezahlen. Und das Erstaunliche: Ich habe kein schlechtes Gewissen.

Wir sind auf See. Ich hole den Wetterbericht ein, berechne die Route und suche einen Ausweichhafen für den Fall, das schlechtes Wetter droht. Für die nächsten Tage sieht es aber gut aus. Ich will es mal mit dem Angeln versuchen. Nach mehreren Stunden, als ich es schon aufgeben will, spüre ich einen Biss. Ein respektables Exemplar ziehe ich an Bord. „Oh, ein Largemouth bass." sagt Anele. Ein Breitmaulbarsch, er sieht zwar etwas anders aus, als die Barsche im Binnenland Europas, aber schmecken wird er wohl auch. Der nächste Biss ist ein Shell Cracker, Muschelknacker. Völlig unbekannt, sieht aber sympathisch aus auf dem Teller. Und schmeckt nicht schlecht. So können wir doch unseren Speiseplan etwas aufpeppen.

Der Wind nimmt zu je weiter wir nach Norden kommen. Die Yacht scheint sich darauf gefreut zu haben, denn sie legt sich ordentlich ins Zeug. Der Atlantik rauscht unter unserem Kiel hindurch und hinterlässt einen feinen Schaumstreifen im Kielwasser, kerzengerade dank Autopiloten. Ich lehne mich beruhigt zurück. Das Wetter bleibt so. Nach drei Tagen stehen wir auf der Höhe von Dakar, dem westlichsten Punkt Afrikas. Jetzt kommt kein Hafen mehr auf dem Weg nach Norden. Bis Casablanca sind es, wenn alles passt, zehn Tage.

Zehn Tage im gleichen Ablauf an Bord. Aufstehen, Frühstücken, die Wache ablösen, den Tagesablauf besprechen, das Rigg (Masten und Segel) kontrollieren.

Und kleine Reparaturarbeiten durchführen. Wenn der moderate Wind sich nicht ändert, gibt es kaum Abwechslung. Heute scheint die Ausnahme zu sein: Yani hat gerade die neue Wache übernommen, da schreit sie schon den ganzen Atlantik zusammen.

„Ein Wal, ein Wal, kommt schnell, ein Wal."
Und tatsächlich, ganz nah am Schiff springt ein großer Buckelwal.

Diese riesigen Tiere werden bis zu 13 Meter lang und 30 Tonnen schwer. Dieser hier hat vielleicht 11 Meter Länge.

Er ist in diesen Breiten schon etwas seltener, von Juni bis November aber zahlreich am Kap zu finden. Beeindruckend sind seine akrobatischen Sprünge, die man ihm gar nicht zutraut. Yani hat ein richtig gutes Bild von ihm gemacht. Der Brydewale, den es hier auch gibt, ist sogar noch etwas größer. Buckelwale habe ich bei früheren Reisen auch schon mal vor Gibraltar oder im westlichen Mittelmeer gesehen. Einmal in der Walschutzgebiet vor Bastia, dem korsischen Fährhafen. Der Wal war so groß wie unsere Yacht.

Er tauchte viermal auf und verschwand dann. An Bord unterhalten wir uns oft über solche längst vergangenen Ereignisse. Wenn wir wieder zurück sind, werden wir wohl manchmal an unseren Törn mit Paul denken, an die Insel die keine war. Jeder auf seine Weise. Für mich war es das Gefühl, auf dem geliebten Meer sein zu dürfen und nicht zu müssen, für Yani die Freude, genug Material für eine außergewöhnliche Story zu besitzen und dieses Abenteuer mit Denzel gemeinsam zu erleben, für Paul vor allem die Enttäuschung, als seine unfreiwillige Entdeckung im Meer versank. Und für Anele? Für sie wohl überwiegend das Gefühl, gerettet zu sein nach so vielen Jahren ohne Hoffnung, das unerwartete Inferno des Versinkens einer Insel überstanden zu haben und geliebt zu werden, ohne ihr geliebtes Südafrika aufgeben zu müssen. Ich werde sie fragen, was sie vom Standesamt hält, aber nicht hier auf See.

Wir könnten zwar in Casablanca anlegen, aber wie ich meine Crew inzwischen kennengelernt habe, haben sie genug vom Abenteuer.

Das Meer zeigt sich in diesen letzten paar Tagen von seiner besten Seite, so als ob es sich verabschieden wollte. Ein moderater Wind weht, wunderbare Sonnenuntergänge und immer wieder mal zeigt sich ein Wal, nah oder fern. Tage zum Genießen.

Endlich ist es soweit, der Schiffsverkehr nimmt zu, wir nähern uns der Straße von Gibraltar, die wir nicht durchfahren. Wir wollen nach Spanien, nach Palos de Frontera.

Gegen Mittag nähern wir uns dem Hafen, den wir und vor allem Paul, mit großen Erwartungen verlassen haben. Ich spüre ich förmlich das Aufatmen im Augenblick, in dem die Hafeneinfahrt in Sicht kommt. Dann sind die Leinen fest, dort, wo wir vor Monaten Spanien verlassen habe. Alle schauen mich erwartungsvoll an.

„Wir bleiben noch vier Tage zusammen, denn ich habe eine Überraschung für euch, heute Abend gibt es eine Verlobung."
„Wer mit wem?" Na, soviel Möglichkeiten gibt es ja nicht, denke ich und sage: „Mit Paul, wenn er mich will."
Als ich die ungläubigen Gesichter sehe, muss ich doch herzlich lachen.
„Henk verlobt sich mit Anele," sagt Yani, sie hat es schon von Anele gewusst. Aber nicht, dass es hier geschieht. Großes Hallo der Crew. Wir feierten bis in den Morgen, meine Verlobung mit Anele und den Abschied nach einer abenteuerlichen Reise.
Denzel begleitet Yani zu einer Konferenz nach Florida mit anschließendem Urlaub. Wie es aussieht, haben die beiden ihre Beziehung durch diese ungewöhnliche Reise vertieft.

Und Paul? Ich sehe ihn schon seinen verdienten Ruhestand genießen, segeln wird er glaube ich nicht mehr, aber auf Kreuzfahrtschiffen die Welt für sich selbst entdecken, das wird ihm gefallen.

Alles Gute für euch, ihr wart eine tolle Crew.

Nachwort

Zwei Jahre später, ich war mit Anele wiedermal zu Besuch in meinem geliebten Hamburg, rief ich Denzel in Antwerpen an und er kam. „Wo treffen wir uns?" fragte er. „Wie immer" sagte ich nur und bestellte vier Plätze im „Schellfischposten".
„Und Paul?" fragte Denzel empört.
Ok, dann fünf, dachte ich.
Ursula, die Chefin hier, war sichtlich erfreut uns wieder zu sehen. „Wo habt ihr euch das ganze Jahr rumgetrieben?" Die Antwort überließen wir Paul: „Wir hatten einen wunderbaren Törn dank der seemännischen Kenntnisse von Henk, der Kochkünste von Denzel und tatkräftigen Mitarbeit der Frauen. Zutiefst bedaure ich, dass das auf der Insel vorgefundene Geschwisterpaar so tragisch ums Leben kam. Von meinem Traum, eine unbekannte Schatzinsel zu entdecken, habe ich mich verabschiedet. Euch wünsche ich alles Gute."
Wir waren echt beeindruckt, soviel hatte Paul während der ganzen Reise nicht gesprochen.

Wir aßen gut, tranken Wein und die meisten Gespräche drehten sich um unser verrücktes Abenteuer. Einige Episoden haben sich in mein Gedächtnis eingebrannt. Ich möchte sie ungern wieder hergeben. An einer großen schwimmenden Insel zu stranden und später dort von Anele mit Hilfe eines Weidenkorbes gefangen zu werden, das passiert nicht jedem.
Danke auch dafür, lieber Paul.

Wir segeln dem Teufel den Schwanz ab

Ein spannender Skipper-Roman

ISBN 978-3-8391-8840-8   Erschienen im April 2016

Ein seltsamer Anruf erreicht den Skipper Hans. Die junge französische Professorin für Geschichte des Altertums an der Uni Aix-Marseille, Afrah, möchte drei Wochen in der Adria auf den Spuren ihrer marokkanischen Vorfahren segeln. Stürmische Überfahrten, romantische Nächte auf See und in den Häfen wechseln sich ab. Durch seine Liebe zum Segeln schlittert er in gefährliche Situationen, bis er sich und seine Crew in der Rettungsinsel wiederfindet.

„Stormy Waters"

Kuriose und ernste Geschichten aus dem Logbuch

ISBN 9-783738 646993

Ein Episodenbuch über die Erlebnisse auf fast 40.000 Seemeilen des Autors und lustige Begebenheiten als Prüfer für Sportbootführerscheine.

Erschienen im Dezember 2015.

Magical Moments

Oktober 2021

ISBN 9-783755-753353

Skipper Hans läßt seine besonderen Momente, und davon gibt es viele, Revue passieren und ist selbst überrascht, welche wunderbaren Augenblicke ihm dieser Beruf bereitet hat. Erinnerungen aus über vierzig Jahren.